KB094962

바람의
마스터
Wind Master

바람의 마스터 6

임영기 장편 소설

초판 1쇄 찍은 날 § 2016년 1월 14일
초판 1쇄 펴낸 날 § 2016년 1월 21일

지은이 § 임영기
펴낸이 § 서경석

편집책임 § 박가연

펴낸곳 § 도서출판 청어람
등록번호 § 제387-1999-000006호
등록일자 § 1999. 5. 31
어람번호 § 제1-2338호

주소 § 경기도 부천시 원미구 부일로 483번길 40 서경B/D 3F (우) 14640
전화 § 032-656-4452   팩스 § 032-656-4453
http://www.chungeoram.com
E-mail § chungeorambook@daum.net

© 임영기, 2015

ISBN 979-11-04-90604-6 04810
ISBN 979-11-04-90417-2 (세트)

FUSION FANTASTIC STORY

6

임영기 장편소설

바람의 마스터

Wind Master

도서출판 청어람

바람의 마스터

Wind Master

CONTENTS

제33장
전설의 서막

부산 타라스포츠의 태수 군단은 일주일에 5일 동안 매일 강훈련을 이어갔다.

　겨울에 들어섰는 데도 태수 군단은 쉬지 않고 야외와 실내에서 훈련에 매진했다.

　팀의 리더인 태수와 중장거리의 전설 티루네시가 새벽부터 한밤중까지 쉬지 않고 각종 훈련을 소화하고 있으니까 신나라와 마레, 손주열은 쉬려야 쉴 수가 없다.

　그렇지만 태수는 토요일과 일요일에는 무조건 훈련을 쉬었다. 그는 강훈련보다 더 좋은 것이 휴식이라고 믿었다.

만약 태수가 베를린마라톤대회 이후에 시카고마라톤대회를 뛰지 않고 충분한 휴식을 취한 후에 뉴욕마라톤대회에 참가했더라면 더 좋은 기록을 냈을 것이다.

태수가 마라톤 지식을 얻기 위해서 인터넷을 뒤지다가 우연히 알게 된 사실이 있다.

일본은 세계최고 수준의 육상과학을 자랑하고 또 정부의 전폭적인 지원, 일본육련(일본육상경기연맹)의 체계적이며 열성적인 육상선수의 발굴과 육성 등 3박자가 고르게 갖추어져 마라톤 선진국들조차도 부러워하는 육상강국이다.

삼성전자 육상단이 일본 마라톤을 심층 분석한 자료에 따르면, 2015년 기준으로 육상연맹에 등록된 실업팀 수는 일본이 823개, 한국이 61개로 13.5배의 차이가 났다.

10명 이상 선수를 보유한 실업팀 수도 122개와 5개로 24.4배의 차이다.

전체 선수 숫자는 한국 574명, 일본 3,016명으로 5.3배였으며, 5,000m 이상 장거리 종목 선수 수는 일본 1,500여 명, 한국 100여 명으로 15배가량 격차가 있었고, 장거리 선수를 보유한 실업팀 수도 일본이 10배나 많았다.

일본은 마라톤의 구간 단위가 되는 장거리 기본 종목인 5,000m에서 14분 이내에 진입한 선수가 100여 명인 데 비해서 한국은 태수를 비롯하여 3명에 불과했고, 10,000m 29분대

이내 선수도 일본이 100여 명이 넘는 반면 한국은 태수와 또 한 명 달랑 2명뿐이다.

하프마라톤 1시간 3분대 진입 선수는 43대2로 대비되었고, 그 결과 마라톤 풀코스 2시간 9분대 이내 진입 선수는 일본이 20명, 한국은 3명으로 절대적인 열세였다.

삼성전자 육상단은 세계육상에서 아프리카계 선수들이 초강세인 중에도 일본이 경쟁력을 유지하는 이유가 바로 그런 것들 덕분이라고 진단했다.

그렇지만 그것은 일본의 밝은 일면이고 어두운 일면을 들여다보면 사정이 많이 달라진다.

일본이 그런 탄탄한 경쟁력을 바탕으로 세계대회에서 두각을 나타내고 있는 것은 사실이지만, 투자에 비해서 성적표는 그다지 화려하지가 않다.

일본은 2000년 시드니올림픽 마라톤 여자 부문에서 다카하시 나오코가 우승을 하고, 2004년 아테네올림픽 마라톤 역시 여자 부문에서 노구치 미즈키가 우승을 했으며, 2003년 파리, 2005년 헬싱키 세계육상선수권대회에서 남자 단체전 우승을 한 것을 끝으로 국제무대에서 이렇다 할 성적을 내지 못하고 있는 형편이다.

일본이 세계대회를 휩쓸어도 이변이 아닐 정도로 일본의 육상 저변은 탄탄하면서도 훌륭하다.

그런데도 2005년 이후 일본 선수들은 세계대회에서 언제나 중상위권에만 머물러 있는 실정이다.

그토록 많은 투자와 열성을 쏟고 있는 데도 불구하고 일본이 세계대회에서 늘 초라한 성적을 내는 이유가 도대체 무엇인지 일본육련은 지난 10여 년 동안 꾸준히 연구를 거듭했지만 해답을 찾지 못했었다.

태수는 일본으로 귀화한 케냐 선수들이 인터뷰를 한 기사에서 그 케케묵은 숙제의 해답을 찾아냈다.

케냐 선수들이 봤을 때 일본 선수들은 지나치게 훈련을 많이 하고 있었다. 휴식이라곤 없는 강훈련의 연속이었다.

케냐 선수들은 일본 코치진이 자신들에게도 똑같은 훈련프로그램을 실시하려고 하자 난색을 표하면서 이구동성으로 항변을 했다고 한다.

케냐 선수들이 세계무대를 휩쓸고 있는 이유는 강훈련만큼의 적절한 휴식이라고 말이다.

케냐 선수들의 눈에는 일본 선수들이 매일 죽을 둥 살 둥 강훈련을 연속하는 것으로 비춰졌으며, 며칠 동안 푹 휴식을 취하는 모습은 한 번도 본 적이 없었다.

일본 코치진과 일본육련은 케냐 선수들의 말을 쓸데없는 말이라고 일축했지만, 태수는 케냐 선수들과 같은 생각이다.

아니, 조금 다르다. 케냐 선수들은 50% 강훈련을 한 후에는 반드시 50% 휴식을 취해야 한다고 말하지만, 태수는 70%의 각자에게 알맞은 맞춤형 훈련과 30%의 충분한 휴식이 가장 적절하다고 판단했다.

왜냐하면 한국인은 케냐인과 여러 면에서 다르기 때문이다.

태수는 신나라와 손주열에게 알려주었던 자신만의 마라톤 주법을 티루네시와 마레에게도 아낌없이 가르쳐 주었다.

그리고 신나라와 손주열도 알지 못하는 것, 태수가 베를린 마라톤 이후 시카고와 뉴욕마라톤을 연거푸 뛰면서 깨닫게 되었던 것들도 모두에게 가르쳤다.

티루네시는 자신만의 전매특허 같은 독특한 호흡법을 태수에게 알려주었으며 태수는 그것을 신나라와 손주열에게 가르쳐 주었다.

"헉헉헉헉… 태수, 나 죽을 것 같아."

금요일 늦은 오후에 T&L스카이타워 꼭대기 육상팀 전용 헬스클럽에서 강훈련을 마친 티루네시는 온몸이 땀범벅이 되어 태수에게 하소연했다.

"헉헉헉… 태수, 훈련을 조금 줄이면 안 될까?"

티루네시 옆에서 마레는 아예 바닥에 주저앉아 있다.

에티오피아 선수들도 인접한 케냐 선수들과 마찬가지로

50%의 강훈련과 50%의 휴식을 취하는 체제에 익숙해 있는 탓에 태수가 이끄는 훈련을 따라가는 것은 벅찬 모양이다.

"티루네시, 감독님에게 말씀드려 볼까?"

태수가 수건으로 땀을 닦으면서 빙그레 미소 지으며 심윤복 감독을 쳐다보자 티루네시는 펄쩍 뛰며 손사래를 쳤다.

"아아… 됐어. 그만둬, 태수."

일본식 교육방법이 몸에 밴 심윤복 감독은 일주일에 6일 훈련하고 일요일 하루 쉬는 것을 고집하는 사람이다.

그런 심윤복 감독에게 태수가 휴식의 중요성을 누누이 설명하고 설득해서 현재의 주 5일 훈련체제를 만들었다. 그런데 티루네시가 주 5일도 힘들다고 투정하는 것을 심윤복 감독이 알면 아마 불호령이 떨어질 것이다.

태수는 티루네시의 어깨를 두드리며 위로했다.

"힘내, 티루네시. 오늘 저녁에 맛있는 거 사줄게."

태수의 말에 티루네시와 마레의 얼굴이 동시에 기대로 가득 물들었다.

"삼겹살에 소주?"

"그래."

"와앗! 좋아! 태수!"

티루네시와 마레는 몇 번 먹어본 삼겹살에 푹 빠져 있다. 더구나 잘 익은 삼겹살을 상추에 싸서 소주와 곁들여서 먹으면 환상적이라는 사실을 알고는 매일 밤만 되면 태수에게 삼겹살을 먹으러 가자고 조를 정도가 됐다.

"뭐냐?"

심윤복 감독이 티루네시가 소리 지르는 것을 듣고 냉랭한 얼굴로 이쪽을 쳐다보았다.

티루네시는 찔끔하면서 태수 뒤에 숨었다. 그녀는 심윤복 감독을 은근히 무서워하고 있다.

태수는 미소 지으며 심윤복 감독에게 말했다.

"저녁에 삼겹살 먹으러 갈 건데 감독님도 같이 가시죠?"

한국말을 못하는 티루네시는 태수가 심윤복 감독에게 무슨 말을 하는지 모르지만, '삼겹살' 어쩌고 하는 말을 듣고 분위기로 짐작하고는 그의 팔을 잡아당겼다. 심윤복 감독은 빼자는 뜻이다.

"그럴까?"

심윤복 감독이 고개를 끄떡이는 걸 보고 티루네시가 앞으로 나서며 두 손을 마구 저었다.

"노! 노! 삼겹살 노!"

티루네시를 겁주려고 한번 그래본 심윤복 감독은 씨익 미소 지었다.

"짜식들, 한번 그래봤다. 너희들끼리 먹고 와라."

태수 군단은 T&L스카이타워 일 층 상가에 있는 트리플맨으로 우르르 몰려갔다.

지난달에 감자탕집 트리플맨 사장 고홍식은 마침 계약 기간이 끝나서 빈 가게로 나온 옆 초밥집을 얻어 트리플맨과 터서 150평 규모로 확장했다.

그러면서 초밥집 자리에는 삼겹살을 위주로 하는 고깃집을 차렸는데 그것 역시 대박을 쳤다.

태수 군단은 트리플맨 삼겹살 코너 방 안에 느긋하게 자리를 잡고 고기를 굽기 시작했다.

태수를 비롯한 선수 5명과 윤미소, 고승연까지 7명은 한동안 소주와 삼겹살을 먹는 데 열중했다.

태수는 삼겹살 10인분을 거뜬히 먹어치우고 다시 추가한 5인분을 굽고 있는 사이에 말했다.

"도쿄마라톤이 딱 두 달 남았어."

태수가 하는 말을 윤미소가 티루네시와 마레에게 통역을 해주었다.

도쿄마라톤대회는 내년 2016년 2월 21일에 열린다. 세계6대 메이저마라톤대회에 뒤늦게 합류한 도쿄마라톤대회는 규모 면에서 가장 큰 대회로 평가되고 있다.

"아직 정확한 건 모르지만 내년 도쿄마라톤에는 전 세계의 정상급 선수들이 대거 참가할 거야."

태수는 그 이유가 태수 자신이 도쿄마라톤대회에 참가하기 때문에 그와 승부를 겨루려는 세계정상급 선수들이 대거 참가할 거라는 말은 하지 않았다. 하지만 모두들 그런 사실을 잘 알고 있었다.

"도쿄마라톤대회기록은 2014년 케냐의 딕슨 춤바가 세운 2시간 5분 42초이고 여자는 에티오피아의 티르피 트세가예의 2시간 22분 23초야."

태수는 티루네시를 보면서 한국어로 말했다.

"티루네시는 난코스인 뉴욕마라톤에서 2시간 20분 02초로 우승을 했기 때문에 비교적 평탄한 코스인 도쿄마라톤에서는 더 좋은 성적을 낼 거라고 예상해."

티루네시는 타라스포츠의 일원이 된 지난 40여 일 동안 태수의 주법을 고스란히 전수받아서 훈련을 했으며 고질적인 문제점이었던 매 걸음마다 브레이크가 걸리는 주법이 차츰 고쳐지고 있는 상태여서 하루가 다르게 기록이 좋아지고 있는 추세다.

태수 군단 훈련코스인 수영강변 자전거도로로 수영강 최상류까지 2번 왕복하는 42㎞ 코스를 티루네시는 그동안 10번 뛰어봤는데 이틀 전 마지막으로 뛰었을 때 2시간 18분대 초반의 기록을 냈었다.

수영강변 훈련코스가 언덕 없이 평탄하다는 점을 감안하여

+30초를 하더라도 2시간 18분 후반의 기록이다.

현재 마라톤 여자 부동의 세계 1위인 릴리아 쇼부코바의 최고기록이 2시간 18분 20초인데, 만약 쇼부코바가 도쿄마라톤대회에 참가한다면 티루네시하고 좋은 경쟁구도를 이루게 될 것이다.

"티루네시가 우승, 나라와 마레가 선의의 경쟁을 벌여서 2, 3위를 해주었으면 좋겠어."

지금까지 즐겁게 웃으면서 떠들며 먹고 마시던 티루네시와 신나라, 마레는 경직된 표정을 지은 채 태수의 말에 귀를 기울였다.

뉴욕마라톤에서 신나라는 2시간 21분 37초로 3위, 마레는 2시간 21분 57초로 4위를 기록했었다.

그리고 수영강변 풀코스 훈련 때 신나라는 2시간 20분 45초, 마레는 2시간 20분 48초 불과 3초 차이로 박빙이라고 할 수 있다.

그동안의 훈련을 통해서 티루네시가 자신의 기록보다 2분이나 앞당긴 것에 비해 신나라와 마레는 1분 남짓 줄였다.

신나라와 마레가 게으름을 부렸다기보다는 티루네시가 태수의 주법을 좀 더 올바르게 이해하고 더 많은 훈련을 한 결과라고 할 수 있다.

태수의 시선이 자신에게 향하자 손주열은 심윤복 감독 앞에서보다 더 긴장했다.

"이번 도쿄마라톤에서 주열이는 어떻게 해서든 6분대에 진입해야 한다."

"알았어."

뉴욕마라톤대회 때 손주열은 2시간 6분대 진입을 목표로 삼았으나 결과는 2시간 7분 29초로 12위였다.

그리고 지난 40여 일의 강훈련으로 현재 수영강변 풀코스를 2시간 6분 55초에 주파하게 되었다.

태수 군단 5명 중에서 손주열의 진전이 가장 저조하다.

참고로 태수는 수영강변 풀코스에서 10번을 뛰어 매번 2시간 2분과 3분 사이의 결과가 나왔었다.

태수는 삼겹살이 노릇노릇 익어가는 걸 보면서 마지막 할 말을 했다.

"다음 주 수요일에 에티오피아 전지훈련을 떠난다."

신나라와 손주열의 눈이 휘둥그레졌다. 예고도 없는 전격적인 전지훈련이기 때문이다.

반면에 윤미소의 통역을 들은 티루네시와 마레는 태수에게 다가와서 그의 팔을 붙잡고 확인했다.

"태수! 정말이야?"

"정말 에티오피아에 가는 거예요?"

"그래. 한 달 예정이고 5일 동안은 자유시간이야."

"꺄아악! 태수! 사랑해!"

"꺅꺅꺅! 너무 좋아!"

티루네시와 마레는 양쪽에서 태수를 끌어안고 얼굴에 마구 뽀뽀를 했다.

*   *   *

2016년 2월 17일 수요일. 타라스포츠의 태수 군단을 태운 대한항공 여객기가 일본 나리타공항에 착륙했다.

토쿄마라톤대회에 출전하는 전 세계의 선수들과 아마추어, 그리고 마스터즈들이 속속 일본으로 입국하고 있지만 대한민국의 태수 군단만큼 전 세계 언론과 도쿄 시민들의 뜨거운 관심을 받지 못했다.

태수 군단은 한 사람 한 사람이 다 세계적 관심을 받고 있는 선수들이다.

관심도가 가장 떨어지는 사람이 손주열이지만, 그의 최고 기록 뉴욕마라톤대회에서 세운 2시간 7분 29초가 아시아 4위이며, 참가하는 대회마다 기록이 1분씩 좋아지고 있어서 충분히 스포트라이트를 받을 만했다.

아시아 최고기록은 당연히 세계챔피언인 태수가 갖고 있으며, 2위는 지난 뉴욕마라톤대회에서 4위를 한 무사시노 기무라의 2시간 5분 23초, 3위는 이마이 마사토가 작년 북해도마라톤 대회에서 태수에 이어서 2위를 하면서 세운 2시간 7분 28초, 그리고 손주열이 뉴욕마라톤대회에서 작성한 2시간 7분 29초로 4위를 마크하고 있다.

손주열의 최고기록은 이마이 마사토에게 겨우 1초 뒤지는 것이라서 이번 도쿄마라톤대회에서 두 사람의 대결이 또 다른 볼거리로 주목받고 있다.

이번 도쿄마라톤대회에서 최고의 인기몰이를 하는 사람이 태수라는 사실은 두말하면 잔소리다.

마라톤 세계기록 보유자이며, 동시에 지금껏 어느 누구도 이루지 못했던 한 해에 세계6대메이저마라톤대회 중에서 베를린, 시카고, 뉴욕마라톤대회 3관왕 그랜드슬럼이라는 대위업을 달성한 선수가 태수이기 때문이다.

태수 군단에서 두 번째로 인기를 모으고 있는 사람은 역시 민영이다.

그녀는 걸그룹 아프로디테를 탈퇴한 후 솔로로 활발하게 활동하면서 예전보다 더 높은 인기를 누리고 있다.

그녀는 자신의 대히트곡 'My wind master'를 영어와 스페인어로 불러서 빌보드차트 30위권에 안착시켜 아시아권을 넘어서 세계적으로 최고의 인기를 구가하고 있는 중이다.

더구나 민영과 태수가 연인 사이라는 사실이 상승효과를

불러와서 두 사람 다 끝없는 인기의 고공행진을 하고 있다.

민영 때문에 인기도에서 세 번째로 밀린 사람은 중장거리의 전설이며 '아기 얼굴을 가진 파괴자'라는 닉네임의 티루네시 디바바다.

티루네시 자체만으로도 굉장한데 그녀가 타라스포츠와 계약하여 태수 군단에 합류했다는 사실이 또한 상승효과를 일으켜 하나의 커다란 화젯거리가 되었다.

신나라는 제일동포 3세였다가 대한민국 국민이 되었다는 특수한 신분 때문에 언론의 조명을 받았다.

그렇지만 일본 언론은 신나라를 일부러 모른 체 외면하려는 기색이 역력했다.

신나라가 일본에 사는 동안 재일한국인이라는 신분 때문에 많은 차별을 당했다는 사실이 신나라와 인터뷰를 했던 대한민국 언론을 통해서 세상에 알려지면서 일본의 치부가 드러났기 때문이다.

그래서 신나라는 일본보다는 해외 언론으로부터 많은 조명을 받고 있는 상황이다.

마레는 티루네시의 뒤를 이어 에티오피아 여자 마라톤을 이끌어갈 차세대 주자라는 점에서 주목을 받았다.

와아아아—!

"한태수! 한태수!"

"꺄아악! 트리플맨!"

"윈드 마스터! 윈드 마스터!"

태수 군단이 공항 게이트에 나서자 운집한 팬들이 비명을 지르면서 한태수와 트리플맨, 윈드 마스터를 연호했다.

경찰 수십 명과 공항 직원들이 몸으로 바리케이드를 치고 팬들을 막고 있지만 곧 무너질 것처럼 위태로웠다.

이날 태수를 보려고 공항에 모여든 팬들의 수는 나중에 일본 경찰이 추산한 바에 의하면 5천여 명이었으며 95%가 여자였다고 한다.

선두에 선 태수는 고승연과 일본 경찰의 경호를 받으면서 걸어 나가며 팬들에게 여유 있는 미소를 지으며 손을 흔들어 보였다.

그때 바리케이드 아래로 기어 들어온 여고생 한 명이 태수 바로 앞에서 쓰러지듯이 넘어졌다.

쿵!

"앗!"

여고생이 넘어진 곳에서부터 마치 잔잔한 수면에 파문이 일어나듯 침묵이 퍼져 나갔다.

태수는 걸음을 멈추었고, 넘어진 여고생은 울상을 지으면서 태수를 올려다보았다. 그리고 수많은 시선이 태수의 다음 행동을 주시했다.

태수는 망설임 없이 그 자리에 한쪽 무릎을 꿇으면서 여고생을 부축해서 일으켰다.

그러고는 여고생이 울먹이면서 그를 올려다보다가 와락 허리를 끌어안으며 안겼다.

"윈드 마스터!"

태수는 빙그레 미소 지으면서 여고생의 머리를 쓰다듬었다.

와아아아—!

짝짝짝짝짝—!

그 순간 요란한 함성과 박수 소리가 천둥처럼 터져 나왔다.

태수 군단은 니혼바시에 있는 만다린오리엔탈도쿄호텔에 여장을 풀었다.

태수를 비롯한 모두들 샤워와 각자 짐정리를 하고 나서 심윤복 감독 방에 모였다.

한국에서 일찍 출발했기 때문에 아직 낮 12시가 되지도 않은 시간이다.

이즈음 심윤복 감독은 제자인 닥터 나순덕과 열애를 하고 있어서 도쿄마라톤대회가 끝나면 3월에 결혼식을 올리기로 날을 잡은 상태였다.

심윤복 감독은 올해 55세가 되었으며 나순덕은 심윤복 감독의 자식과 비슷한 31세로 나이차가 24살이다. 시쳇말로 심윤복 감독은 날강도나 다름이 없다.

일찌감치 홀아비가 된 심윤복 감독을 나순덕이 일일이 뒤따라 다니면서 챙겨주다 보니까 정이 싹튼 모양이다.

무뚝뚝하고 멋이라곤 없는데다 나이까지 많은 심윤복 감독이 어린 제자 나순덕을 어떻게 해보려고 유혹했을 거라는 생각은 아무도 하지 않았다.

"이번 대회는 전쟁이다."

소파에 앉은 심윤복 감독은 소파와 침대에 흩어져서 앉아 있는 태수 군단을 둘러보면서 묵직하게 말문을 열었다.

"작년 11월 뉴욕마라톤을 끝으로 겨울 동안 휴식이 길었기 때문에 세계정상급 선수들이 거의 모두 이번 대회에 참가 신청을 했다."

심윤복 감독은 미리 복사한 자료를 태수 군단 각자에게 한 장씩 나누어주었다.

태수가 자료를 들여다보니까 마라톤 풀코스 기록 2시간 7분 대 안쪽의 선수만 적혀 있는데 그 수가 32명이나 됐다.

자료 끄트머리에서 두 번째에 손주열도 가까스로 이름을 올려놓았으며, 손주열 앞에는 이마이 마사토가 있다.

맨 위에는 당연히 태수 이름이 있고, 그다음은 2014년 세계 기록 보유자 데니스 키메토, 2013년 기록 보유자 제프리 무타이, 그리고 그전까지 세계기록을 보유하고 있었던 윌슨 킵상 등이 적혀 있다.

그 아래로 적혀 있는 이름들은 케네니사 베켈레, 일리우드 킵초게, 딕슨 춤바, 체가에 케베데, 스티븐 키프로티치, 아벨 키루이, 엔데쇼 네게세, 무사시노 기무라 등이다.

하나같이 태수하고 세계 곳곳에서 소리 없는 전쟁을 치렀던 쟁쟁한 라이벌들이다.

실내에 무거운 침묵이 흘렀다.

현 마라톤 세계기록 보유자이며 3개 대회 그랜드슬럼을 달성한 태수마저도 굳은 얼굴로 입을 굳게 다물고 있는 판국이니 어느 누가 중압감을 느끼지 않겠는가.

티루네시와 신나라, 마레는 남자 선수 옆에 적혀 있는 여자 선수들의 이름을 차례로 훑어보고는 점점 얼굴이 굳어졌다. 그녀들의 중압감은 태수나 손주열보다 더한 것 같다.

아무도 입을 열지 않는 시간이 길어지자 심윤복 감독은 선수들을 다독여 줄 필요를 느꼈다.

"너무 긴장할 거 없다. 너희는 훈련을 충분히 했으니까 좋은 승부가 될 거다."

심윤복 감독이 일어섰다.

"자, 밥 먹으러 가자."

1층 로비 엘리베이터에서 나오는데 신나라가 태수 옆에 바싹 붙으면서 그의 팔을 잡았다.

"선배님."

"오빠라고 부르라니까?"

"오빠, 제 부탁대로 하고 있죠?"

태수는 눈살을 찌푸렸다.

"그래."

신나라는 이번 대회에서 자신의 기록을 크게 경신하려고 절치부심하고 있다.

그래서 훈련도 티루네시나 마레보다 더 열심히 했으며 테이퍼링을 하면서 체중도 2kg이나 뺐다.

하지만 그녀가 가장 중요하게 여기는 것이 있으니 바로 태수가 입은 팬티를 입고 대회에 참가하는 것이다.

"며칠째예요?"

"사흘이다."

신나라를 누이동생처럼 예뻐하고 있는 태수라서 대회 날까지 팬티를 갈아입지 않고 입고 있다가 자기에게 벗어달라는 그녀의 부탁을 뿌리칠 수가 없었다.

그래서 사흘 동안 팬티를 갈아입지 않았는데 앞으로 대회 날까지 4일 동안 더 입고 있어야 한다는 생각에 몸이 저절로 근질거렸다.

"일주일 7일을 채워야 한대요."

신나라는 어디에서 요상한 미신을 주워들었는지 존경하는 사람이 7일 동안 입은 팬티를 입고 대회에 참가하면 소원을 이룬다고 굳게 믿고 있었다.

태수는 걸음을 멈추고 신나라를 쳐다보았다.

"나라야, 너 정말 그걸 입고 뛸 거니?"

"네."

신나라는 광신도가 교주를 바라보듯 초롱초롱한 눈망울로 태수를 올려다보며 씩씩하게 대답했다.

"어휴… 너 정말."

태수가 일주일 동안 입고 있던, 그래서 그의 체취가 듬뿍 묻은 팬티를 신나라가 입는다는 것은 두 사람의 성기가 간접적으로 마찰을 한다는 뜻이다.

그래서 신나라에게는 더 효험이 있을지는 모르지만 태수는 기가 질려 버렸다.

태수는 신나라의 머리를 쓰다듬으며 다시 걸음을 옮겼다.

"너 좋은 성적 못 내기만 해봐라."

신나라는 두 팔로 태수의 허리를 꼭 안고 걸으면서 어린아이처럼 웃었다.

"헤헷! 두고 보세요."

그때 입구 쪽이 소란스럽더니 수십 명의 취재진이 우르르 쏟아져 들어왔다.

취재진들에게 둘러싸였던 베켈레와 케베데가 마주 걸어오고 있는 태수 일행을 발견하고는 반색을 했다.

"태수!"

"오오! 윈드 마스터!"

나이키 소속인 베켈레와 케베데는 나이키 브랜드의 트레이닝복을 입은 모습으로 태수와 악수하려고 다가왔다.

그런데 그때 옆에서 전혀 다른 사람이 치고 들어오더니 태수를 와락 안으며 외쳤다.

"태수! 나이스 투 밋츄!"

태수와 포옹하면서 그의 뺨에 입 맞추는 사람은 뜻밖에도 러시아의 릴리야 쇼부코바였다.

그녀는 베켈레와 케베데 뒤에서 들어오다가 태수를 발견하고 곧장 달려와 안긴 것이다.

"헤이!"

그런데 티루네시가 정색을 하며 다가와서 쇼부코바를 태수에게서 떼어냈다.

"쇼부코바, 실례잖아."

티루네시는 쇼부코바를 롤모델로 삼을 정도로 존경하고 있지만 그녀가 태수에게 안기는 것은 참지 못했다.

취재진들은 베켈레와 케베데, 쇼부코바를 취재하다가 뜻밖에 태수 군단을 만나게 되자 열띤 취재 경쟁을 벌였다.

쇼부코바는 티루네시의 제지와 견제에도 개의치 않고 태수에게 미소 지으며 말을 건넸다.

"이따가 시간 있어요?"

"예스."

쇼부코바가 말하는데도 티루네시는 태수 옆에 붙어 서서 그의 팔을 두 팔로 잡아 가슴에 꼭 안고 있다. 마치 태수는 내 남자야라고 쇼부코바에게 시위를 하는 듯한 모습이다.

"이따가 전화할 테니까 좀 봐요."

"그래요."

대화를 끝내자 쇼부코바는 다시 태수의 뺨에 입을 맞추고는 손을 흔들며 데스크 쪽으로 갔다.

"흥!"

티루네시는 코가 떨어져 나갈 정도로 코웃음을 쳤다. 만약 그녀의 눈빛이 총알이라면 쇼부코바는 벌집이 되어 그 자리에서 즉사했을 것이다.

"티루네시."

"마레."

같은 에티오피아 사람인 베켈레와 케베데가 티루네시와 마레에게 인사를 건넸다.

4명의 에티오피아인은 잠시 얘기를 나누다가 헤어졌다.

태수 일행은 니혼바시 근처에 예약해 놓은 한식당에서 점심 식사를 한 후에 이번 도쿄마라톤대회 피니시 지점인 도쿄 빅사이트에 설치되어 있는 '도쿄마라톤엑스포2016'에 갔다.

17일부터 21일까지 열리는 '도쿄마라톤엑스포2016'은 도쿄마라톤대회 부대행사로 열리는 축제 같은 것이다.

그곳에는 도쿄마라톤대회 공식 스폰서인 아식스스포츠를 비롯한 수백 개의 부스가 저마다의 제품을 무료 혹은 저렴한 가격으로 판매, 홍보를 하고 있다.

타라스포츠도 이곳에 제법 큰 부스를 마련했기 때문에 전속 모델인 태수와 신나라, 티루네시, 마레, 손주열이 참가하여 사람들에게 팬서비스를 해야 하는 것이 오후의 일정이다.

"태수야, 저기."

일행이 거대하게 차려진 아식스 부스의 무대 앞을 지나고 있을 때 손주열이 무대를 가리켰다.

태수가 쳐다보니까 뜻밖에도 무대에는 최고급 캐주얼복장을 한 무사시노가 마이크를 잡고 무대 아래에 모인 수십 명에게 무슨 말을 하고 있었다.

무대 아래 모인 사람들 뒤쪽에 걸음을 멈추고 서 있는 태수 군단은 물끄러미 무사시노를 쳐다보았다.

민영이 무사시노를 보면서 입술을 삐죽거렸다.

"마라톤에 대해서 자기 자랑을 늘어놓고 있어. 뭐 자랑할 게 있다고."

태수는 더 볼 게 없어서 다시 걸음을 옮기려는데 모여 있는 사람 중에 한 일본 여자가 무심코 뒤돌아보다가 태수를 발견하고는 눈을 깜빡거리더니 느닷없이 비명을 질렀다.

"꺄아악! 윈드 마스터!"

그 바람에 사람들이 뒤돌아보고는 삽시간에 태수 군단을 에워싸면서 환호성을 터뜨리며 난리법석을 떨었다.

고승연이 놀라서 제지를 해보지만 갑자기 벌어진 일이라서 혼자 힘으로는 역부족이다.

그걸 보고 티루네시 등과 심윤복 감독, 나순덕, 윤미소까지 합세해서 재빨리 둥글게 원을 형성하여 태수를 가운데 두고 보호하려고 애썼다.

잠깐 사이에 백여 명 이상으로 불어난 인파는 사인을 해달라면서 펜과 종이를 태수에게 내밀었으며 어떤 사람은 악수를 하려거나 태수를 만지려고 손을 뻗었다.

"아이시떼루요! 태수 상!"

"아앗! 윈드 마스터! 사인오네가이!"

태수는 모두에게 줄을 서라고 손짓을 해 보이고 나서 한 사람의 메모지와 펜을 받아서 사인을 해주었다.

그걸 보고 사람들은 재빨리 그 사람 뒤쪽으로 다투어 몰려가면서 길게 줄을 만들었다.

무대 위에서 한창 자신의 마라톤에 대해서 열변을 토하면서 자랑을 늘어놓고 있던 무사시노는 돌연 사람들이 모조리 태수를 둘러싸고 아우성을 치고 있는 걸 보고는 얼굴이 붉으락푸르락 변했다.

한창 신나게 얘기를 하고 있는데 무대 아래에 무사시노를 향해 서 있는 사람은 한 명도 없으니 부처님이라도 화가 날 만하다.

더구나 같은 일본인들이 한국인 태수를 연호하면서 지랄발광을 하며 자기를 무시하는 게 더욱 견디기 어려웠다.

무사시노는 원래 한국인을 병적으로 미워하는데다 뉴욕마라톤대회 이후에는 자다가 악몽을 꾸면서 식은땀을 흘리며 깰 정도로 태수를 증오했었다.

"저 새끼……."

무사시노는 화를 참지 못하고 무대에서 뛰어내려 곧장 태수에게 저돌적으로 달려갔다.

지금 당장 태수를 한 대 때리지 못하면 죽을 것처럼 분노가 걷잡을 수 없이 치밀었다.

"기무라!"

콱!

그때 근처에 있던 코치와 아식스 행사요원이 급히 달려와서 무사시노를 붙잡았다.

"왜 그래? 인생 망치려는 거냐?"

"한태수 저 새끼가……."

코치는 팬들에 둘러싸여 있는 태수 쪽을 보고 나서 무사시노를 꾸짖었다.

"한태수 선수가 너한테 뭘 잘못했다고 그러느냐?"

"저 새끼가……."

"마라토너가 경기에 나가서 최선을 다해 뛰어 우승을 하는 건 당연한 일이다."

코치는 더욱 엄한 표정을 지었다.

"뉴욕마라톤에서 베켈레와 무타이는 한태수에게 졌지만 진심으로 그에게 축하의 박수와 악수를 보냈었다. 그런데 기무라 너는 어쨌느냐?"

그때 4위로 들어온 무사시노는 오히려 태수가 내미는 손을 외면하는 추태를 보였었다.

"지금도 내가 보니까 한태수 선수가 저 사람들을 불러 모은 것이 아니라 저 사람들이 한태수 선수를 발견하고 몰려든 것이다. 저 사람들 모두가 마음으로부터 기무라 너보다는 한태수 선수를 좋아한다는 뜻이다."

코치는 잡았던 무사시노의 팔을 놔주었다.

"자, 말리지 않을 테니까 이제 네 마음대로 해봐라."

"으으……."

조금 전보다는 분노가 가라앉았지만 그래도 무사시노는 분을 삭이지 못해서 씩씩거리면서 태수를 잡아먹을 듯이 노려보았다.

무사시노는 이번 도쿄마라톤대회가 일본에서 개최되기 때문에 무슨 일이 있어도 태수를 이기려고 뉴욕마라톤대회 이후부터 강훈련에 강훈련을 거듭했었다.

그는 뉴욕마라톤대회 때 자기가 실력으로 진 게 아니라 운이 없었을 뿐이라고 생각하기 때문에 이번 대회만큼은 그런 운이 태수에게 따라주지 않을 거라고 믿었다. 그리고 실력으로도 확실하게 태수를 눌러줄 자신이 있다.

"고노야로… 두고 보자."

도쿄마라톤엑스포2016 타라스포츠 부스는 주최 측의 매우 특별한 배려로 방문객의 발길이 뜸한 아주 한적한 외곽에 배정을 받았다.

그러나 그런 장소인데도 불구하고, 그리고 아식스의 30%밖에 안 되는 크기의 부스인데도 개장 첫날부터 타라스포츠 부스는 문전성시를 이루고 있다.

사실 고급 스포츠제품들의 성능이나 기능이라는 것은 대부분 비슷비슷 대동소이한 편이다.

그래서 매출 성공을 좌우하는 것은 처음에도 광고, 나중에도 광고, 무조건 광고의 힘이라고 할 수 있다.

일본이라는 나라는 예로부터 외국 브랜드가 들어와서 살아남은 경우가 거의 없다.

세계적으로 유명한 우리나라의 삼성휴대폰이 전 세계에서 승승장구하고 있지만 유독 일본에 들어와서는 텃세 때문에 고군분투하다가 끝내 고배를 마시고 철수했던 일이 일본시장의 특수성을 잘 말해주고 있다.

그와는 반대의 경우로 걸그룹 아프로디테가 최초로 진출한 나라가 일본이었으며, 이후 아프로디테의 노래는 일본 음악의 바로미터인 오리콘차트에서 단 한 주도 내려와 본 적이 없었을 정도로 엄청난 인기를 누렸다.

아프로디테의 보컬 민영이 솔로가 되어 일본을 방문했을 때 과거 아프로디테의 인기를 몇 배 곱한 정도의 굉장한 신드롬이 그녀를 기다리고 있었다.

그녀가 영어와 스페인어로 번역하여 부르기 전에 먼저 일본어로 불러서 빅히트한 곡이 바로 'My wind master'이다.

그런 민영이 오너나 다름이 없는 신분으로 런칭한 스포츠 브랜드가 '타라'이며, 그녀가 부른 노래 'My wind master'의 실제 모델이며 전 세계적으로, 그리고 일본에서조차 민영보다 더 큰 인기를 구가하고 있는 사람이 바로 태수다.

그리고 태수는 민영의 연인이라고 알려져 있다. 그렇기 때문에 일본에서의 민영과 태수의 인기는 어느 누구도 넘보지 못하는 탄탄한 아성을 구축하고 있는 실정이다.

태수와 민영이 없는 상황에서도 도쿄마라톤엑스포2016 타라스포츠 부스는 초만원을 이루고 있었는데, 두 사람의 등장으로 이곳을 방문했던 거의 모든 사람이 타라스포츠 부스로 한꺼번에 몰려들어 북새통을 이루었다.

그날 타라스포츠는 당일 준비했던 제품을 모두 팔고 마지막 날 21일 것까지 죄다 팔아치워서 급히 한국에 가지고 온 물량의 5배를 재공수해 달라고 주문하기에 이르렀다.

저벅저벅…….

태수는 같은 층에 머물고 있는 쇼부코바의 객실로 가고 있는 중이다.

쇼부코바가 의논할 것이 있다고 자신의 방으로 잠시 와달라고 전화를 했기 때문이다. 태수 뒤에는 얇은 패딩 점퍼 차림의 고승연이 따르고 있다.

복도는 넓고 길며 적당한 조명이 기분을 편안하게 했다.

"여긴가?"

"네."

객실 문에 3723, 팻말에는 '쇼부코바'라고 영문으로 적힌 걸 보고 고승연이 고개를 끄떡이며 앞으로 나서 손으로 문을 두드렸다.

똑똑똑…….

"컴인."

안에서 쇼부코바의 목소리가 들려서 고승연이 문을 열어주고 태수가 안으로 들어섰다.

탁!

그런데 뒤따라 들어온 고승연이 문을 닫으려고 하는데 누군가 먼저 문을 닫았다.

고승연은 급히 뒤돌아보다가 문을 등지고 있는 캐주얼 차림의 사내가 길쭉하고 폭이 좁은 회칼(사시미칼)을 쥐고 찔러오는 것을 발견했다.

휙!

고승연은 허리를 비틀어 뒤돌아보는 자세에서 자신의 옆구리를 향해 빠르게 찔러오는 칼이 파랗게 반짝이는 것을 보며 급히 상체를 뒤로 쓰러뜨리면서 발을 뻗었다.

퍽!

"와!"

고승연의 발이 사타구니를 걷어차자 사내는 비명을 지르며 뒤로 자빠지면서 찌르던 칼을 거두었다.

고승연은 사내의 공격을 물리치고 있는 도중에도 태수가

어떤 상황에 처해 있을지 걱정이 앞섰다.

순간적으로 그녀의 뇌리를 스치는 것은 누군가 태수를 테러하려고 든다는 사실이다.

태수를 해치는 게 목적이기 때문에 괴한은 한 명이 아닐 것이고, 그렇기 때문에 지금 이 순간 태수를 공격하고 있을지도 모른다는 생각이 들어 마음이 다급해졌다.

고승연은 상체를 뒤로 쓰러뜨리는 자세이기 때문에 몸이 바닥에 닿으면 아무리 빨리 일어난다고 해도 태수가 당하고 말 것이라고 판단했다.

그녀는 왼손으로 바닥을 짚는 것과 동시에 발끝과 왼손으로 힘껏 바닥을 밀며 퉁기듯이 벌떡 일어났다. 그러면서 오른손을 허리 뒤로 돌려서 쌍절곤을 뽑았다.

몸을 솟구쳐서 일으키는 순간 그녀의 눈에 들어온 광경은 또 한 명의 캐주얼 사내가 정면에서 덤벼들면서 태수를 향해 회칼을 찌르고 있는 광경이다.

태수는 먼저 걸어 들어갔기 때문에 고승연하고 거리가 3m쯤이고 공격하는 사내는 그보다 2m 더 멀다.

태수는 전혀 예상하지 못했던 괴한의 공격에 대처하지 못하고 엉거주춤 서 있다.

총 5m의 거리다. 고승연은 두 번째 사내에 대한 공격을 포기하는 대신 몸을 날려서 태수의 앞을 가로막으며 그를 보호했다.

두 발이 허공에 뜬 자세로 고승연의 상체가 태수의 전방을 가로막았다고 생각한 순간 두 번째 사내의 회칼이 그녀의 오른쪽 옆구리와 등 사이를 파고들었다.

푹!

고승연은 쇠망치로 옆구리를 호되게 강타당한 극심한 충격을 느꼈으나 신음을 흘리지는 않았다.

한순간 태수와 고승연, 캐주얼 사내가 한 덩어리가 되었다.

태수는 순간적으로 고승연의 양쪽 어깨를 붙잡았으며, 고승연을 사이에 두고 불과 두 뼘 거리에 마주 보고 있는 콧수염의 사내는 이를 악물고 고승연 몸에 꽂힌 칼을 뽑았다.

콧수염 사내가 재차 태수를 공격하려는 것인데 이런 상황에서는 아무리 고승연이라고 해도 대처할 방법이 없다.

지끈!

"컥!"

그때 태수가 이마로 콧수염 사내의 얼굴을 들이받았다.

다음 순간 고승연이 상체를 빙글 돌리면서 쌍절곤으로 사내의 대갈통을 부숴 버렸다.

딱!

"으악!"

고승연은 태수 앞에 우뚝 서서 그를 보호하며 재빨리 실내를 둘러보았다.

저만치 침대 옆 바닥에 쇼부코바가 무릎이 꿇려 있고 그 옆에 세 번째 사내가 역시 회칼을 들고 엉거주춤 서 있는 모습이 보였다.

"아아… 살려줘……."

쇼부코바가 눈물을 흘리면서 이쪽을 바라보았다.

최초로 공격을 하다가 사타구니를 정통으로 걷어차인 사내는 뒤로 쓰러졌다가 일어나려고 버둥거리고 있으며, 태수의 박치기와 쌍절곤에 대갈통이 부서진 사내는 피를 흘리면서 기절한 상태다.

고승연은 첫 번째 사내에게 걸어가서 싸늘한 얼굴로 사내의 가슴팍을 발끝으로 짧고 강하게 찍었다.

뻑!

"크억!"

사내는 고스란히 앞으로 쓰러져서 바들바들 떨었다.

태수는 고승연의 옆구리에서 피가 흐르는 것을 발견하고 비명처럼 외쳤다.

"승연아!"

그러나 고승연은 세 번째 사내를 향해 똑바로 걸어갔다.

사내는 움찔 놀라더니 쇼부코바를 낚아채듯 잡아 일으켜서 그녀의 목에 칼을 들이댔다.

"아앗!"

"고로스!"

고승연은 뺨에 칼자국이 있는 사내가 얼굴을 일그러뜨리면서 위협하는 말이 무슨 뜻인지 모르지만 걸음을 멈추지 않고 점점 가까이 다가갔다.

그녀는 쇼부코바의 안전 같은 건 관심도 없다. 오로지 태수를 공격한 괴한 일당을 제압하려는 것뿐이다.

고승연이 3m까지 가까이 다가오자 사내는 칼끝으로 쇼부코바의 목을 조금 찌르면서 발악했다.

"고로스!"

쇼부코바의 하얀 목에서 핏물이 주르르 흘렀다.

고승연은 차가운 미소를 지었다.

"고로스? 그래. 고로스해라, 이 새끼야."

'고로스'가 무슨 뜻인지 모르지만 쇼부코바를 죽이겠다고 위협하는 말일 거라고 생각한 고승연은 마음대로 하라고 똑같이 '고로스'라고 해주었다.

"이이⋯⋯."

사내가 독한 표정으로 이를 악물고 쇼부코바의 목을 찌르기 위해서 칼을 그녀의 목에서 약간 뗄 때 고승연의 쌍절곤이 허공을 갈랐다.

땅!

"윽!"

쌍절곤이 포물선을 그리면서 사내의 뒤통수를 무지막지하게 후려치면서 수박 깨지는 소리가 터졌다.

사내의 눈에서 초점이 사라지며 쇼부코바와 함께 몸이 앞으로 기우뚱 쓰러질 때 고승연은 재빨리 손을 뻗어 쇼부코바를 잡아 옆으로 끌어냈다.

쿵!

세 번째 사내는 얼굴을 바닥에 묻으면서 그대로 엎어졌다.

"승연아!"

태수가 비명처럼 외치면서 달려가 고승연을 부둥켜안았다.

"저는 괜찮아요. 오빠는 다친 데 없어요?"

고승연은 미소를 지으면서 오히려 태수를 걱정했다.

"어머… 피 좀 봐."

방금 전에 괴한 3명을 때려눕힌 고승연은 태수 이마가 깨져서 피가 흐르는 걸 보고 깜짝 놀라 손을 뻗어 만졌다.

"승연아, 이 녀석……."

태수는 뜨거운 게 울컥 치밀어 말을 잇지 못했다.

괴한 3명이 호텔에서 태수를 테러하려다가 오히려 경호원에게 제압당했다는 사실은 도쿄에 모여들었던 전 세계 취재진들에 의해서 전 세계로 삽시간에 퍼져 나갔다.

도쿄마라톤대회는 비상이 걸렸다. 마라톤 현 세계챔피언이 호텔에서 회칼을 든 괴한 3명에게 테러를 당해 죽을 뻔했기 때문이다.

만약 고승연이 괴한들을 제압하지 못했다면 태수를 비롯하여 쇼부코바와 고승연 모두 괴한들에게 죽음을 당했을 것이라는 게 사람들의 추측이다.

고승연이 제압한 괴한 3명은 출동한 일본 경찰에 의해 엄중한 감시를 받으면서 병원으로 호송되었다.

괴한들이 제압당하는 과정에 중상을 입었기 때문인데 그중에 한 명은 위독하다는 얘기가 흘러나왔다.

일본 경찰은 태수에 대한 테러를 처음에는 단순한 강도사건으로 축소하려다가 대한민국을 비롯한 각국의 강력한 항의에 직면하자 사건을 철저히 조사하겠다고 한 걸음 양보하는 자세를 취했다.

경찰은 릴리아 쇼부코바를 취조했으나 그녀는 불시에 들이닥친 괴한들에게 단순히 협박을 당한 것으로 드러났다.

이 일로 인해서 테러사건의 배후가 밝혀질 때까지 도쿄마라톤대회를 무기한 연기해야 한다는 여론이 비등해지자 부랴부랴 일본 정부까지 나서서 진화하기에 바빴다.

테러사건 이틀이 지났을 때 고승연이 입원해서 치료를 받고 있는 병원으로 도쿄도지사가 방문했다.

태수가 고승연을 간병하기 위해서 병원에 머물고 있지 않았다면 도지사가 병원을 방문하는 일은 없었을 거라는 후일담이지만, 어쨌든 도지사는 병원에 찾아와서 태수와 병상에 누워 있는 고승연에게 진심으로 위로를 전했다고 한다.

도쿄도지사가 태수 앞에서 구십 도로 허리를 굽히며 사과하는 장면은 일본 모든 TV와 신문 등 언론에 대서특필됐고 전 세계로 타전되었다.

제34장
마라톤 전쟁

칼에 찔린 고승연은 다행히 간이나 내장을 다치지 않아서 위험한 상황에 처하지는 않았다.

두 번째 괴한에게 박치기를 한태수는 이마가 찢어져서 제법 피가 많이 났으나 정밀 진단을 한 결과 별 이상이 없는 것으로 나타났다.

고승연은 벌써 3번이나 태수를 위험에서 구해주었다. 아니, 3번이나 태수의 목숨을 구해주었다고 해도 지나친 말이 아니다. 태수는 고승연 덕분에 3번이나 새로 태어났다.

태수는 도쿄마라톤대회를 앞두고 편안하게 휴식을 취해야

하는 상황이지만 병실에 누워 있는 고승연 곁을 떠나지 않고 지키고 있었다.

심윤복 감독이나 고승연은 태수더러 호텔에 가서 쉬라고 달래고 설득했지만 그는 도통 말을 듣지 않았다.

"이러다가 오빠가 우승을 하지 못하면 대한민국 국민 모두가 저를 원망할 거예요."

"이거 볼래?"

태수는 휴대폰 SNS에 올라온 글들을 보여주었다. 거기에는 국민영웅 태수를 구해준 고승연을 응원하는 글이 도배를 하다시피 올라와 있었다.

"난 여기에 있는 게 편하니까 넌 치료나 잘 받아."

이마에 반창고를 붙인 태수는 정말 편안한 표정을 지으며 환하게 웃어 보였다.

그렇지만 결국 태수는 고승연이 입원해 있는 병원에서 쫓겨나는 신세가 되고 말았다.

고승연이 먼저 면회 거부를 신청했고 또 심윤복 감독도 병원 측에 태수를 병원에서 추방해 달라고 요청했기 때문이다.

병실에 누워 있는 고승연의 휴대폰에서 'My wind master'가 흘러나왔다.

그녀가 휴대폰을 들여다보니 태수가 전화를 했다. 받을까
말까 망설이다가 받아보니 태수의 힘찬 목소리가 들렸다.

—승연아, 널 위해서 꼭 우승할게.

그러고는 전화가 끊어졌다. 휴대폰을 물끄러미 굽어보는 고
승연은 예쁜 미소를 짓는데 두 눈에서는 기쁨의 눈물이 가득
고여 있었다.

테러 이후 태수는 24시간 일본 경찰의 엄중한 경호를 받으
면서 생활하게 되었다.

대한민국 정부의 강력한 항의와 요청, 그리고 IAAF를 비롯
한 전 세계 여론의 집중적인 포화를 받고 있는 일본 정부와
도쿄경시청으로서는 소위 '한태수 테러사건'으로 불리는 이 사
건에 대해서 흐지부지 넘어갈 수 없게 되었다.

그러나 도쿄경시청은 매일 아침저녁으로 '한태수 테러사건'
의 수사 진행에 대해서 중간 발표를 하고 있는데 별다른 내용
이 없는 걸로 봐서는 수사를 하는 건지 아니면 은폐하는 데
더 열을 올리는 것인지 알 수가 없을 정도다.

급기야 이번 도쿄마라톤대회에 참가한 세계 정상급 선수들
이 한데 입을 모아 '한태수 테러사건'의 목적이 무엇이며 배후
가 누구인지 조속히 수사할 것을 촉구하는 성명을 발표하기
에 이르렀다.

성명 발표의 주동은 베켈레와 무타이, 키메토, 케베데, 쇼부코바 등이고 이에 동조한 엘리트 선수는 27명이었다고 전해졌다.

20일 토요일 저녁 식사 후에 태수 군단은 태수의 방에서 내일 아침에 벌어질 도쿄마라톤대회의 최종 작전을 짜고 있었다.

항상 그렇듯이 대체적인 작전은 심윤복 감독이 짜고 그것에 살을 붙이는 것은 선수 개인이다.

똑똑⋯⋯.

그때 누군가 문을 두드리더니 곧 문이 열리고 밖에서 지키고 있는 일본 경찰이 안쪽을 향해 영어로 말했다.

"릴리아 쇼부코바 씨가 한태수 씨를 만나고 싶답니다."

쇼부코바라는 말에 태수를 제외한 실내에 있는 모든 사람의 표정이 홱 변했다.

태수를 테러하려고 했던 괴한들이 쇼부코바를 칼로 위협을 해서 어쩔 수 없었다지만, 애초에 그녀가 태수를 자기 방으로 부르지 않았으면 그런 일이 일어나지도 않았을 것이다. 그래서 태수의 측근들은 쇼부코바를 원망하고 있다.

태수가 일어나려고 하는데 민영이 그의 팔을 잡아서 다시 주저앉혔고, 그와 때를 같이하여 티루네시가 발딱 일어나 밖으로 나갔다.

"무슨 일이지, 쇼부코바?"

티루네시의 차가운 목소리와 쇼부코바의 잔뜩 주눅이 든 목소리가 이어졌다.

"태수에게 사과하려고……."

"그럴 필요 없어. 돌아가, 쇼부코바."

"태수를 만나야만 해. 태수."

쇼부코바가 문을 열고 들어가려는 걸 티루네시가 막아서면서 뺨을 때렸다.

짝!

그리고는 티루네시는 문을 닫고 제자리로 돌아왔다.

아무도 입을 열지 않았지만 태수를 제외한 다들 티루네시를 보며 보일 듯 말 듯 고개를 끄떡이며 잘했다는 표정을 지어 보였다.

국제육상경기연맹 IAAF가 강경한 자세로 나갔다.

그날 밤에 발표한 보도 자료에 따르면, 마라톤 세계기록 보유자이며 베를린, 시카고, 뉴욕마라톤 3개 대회에서 우승하여 그랜드슬램을 달성했고, 또한 WMM 우승자라는 트리플 기록을 지니고 있는 한태수에 대한 테러는 전 세계 마라토너들과 스포츠에 대한 명백한 테러이며 심각한 도전이다.

그러므로 '한태수 테러사건'의 목적과 배후가 밝혀지지 않는다면 향후 도쿄마라톤대회의 골드라벨 지위를 박탈할 것이며, 세계6대메이저마라톤대회에서도 탈락시킬 것이라고 천명하기에 이르렀다.

'한태수 테러사건'에 대한 반향은 점점 더 크게 증폭되어 단순히 마라톤에 대해서만이 아닌 일본 전체에 대해서 반일본, 혐일본 성향이 전 세계적으로 빠르게 퍼져 나갔다.

도쿄마라톤대회 출발지인 도쿄도청 앞에는 대회에 참가하는 수만 명의 마라토너가 집결해 있다.

스타트라인 아치 옆에는 지상에서 1.5m 높이의 단상이 있고 그곳에 여러 사람이 늘어서 있다.

지금 시간은 아침 8시 45분. 출발 시간인 9시 10분까지 불과 25분 남았다.

엘리트 선수들은 지금쯤 출발에 대비하여 몸을 풀고 있어야 할 시간이지만 진행요원들의 안내에 따라서 다들 스타트라인에 모여 있다.

맨 앞줄 중앙에는 태수가 서 있고 양쪽에 기록 순으로 무타이, 키메토, 킵상, 작년 우승자 에티오피아의 네게세, 작년 2위 키프로티치, 베켈레, 케베데 등이 서 있는 모습이다. 물론 진행요원들이 그렇게 세웠다.

스타트라인 양쪽에는 그야말로 마라토너보다 더 많을 것 같은 수백 명의 전 세계 취재진이 바늘 하나 꽂을 틈 없이 모여서 치열한 취재 경쟁을 벌이고 있다.

IAAF의 강경한 요구에도 불구하고 도쿄마라톤대회 주최 측이나 일본 정부에서는 이때까지도 만족할 만한 아무런 반응을 보이지 않고 있었다.

하지만 단상에 모여 있는 사람들을 보면 곧 뭔가 중대한 발표를 할 것 같은 분위기다.

"헤이, 미스터 태수."

태수는 뒤에서 자길 부르는 소리에 뒤돌아보고는 바로 뒷줄에 서 있는 무사시노가 쳐다보고 있는 걸 발견했다.

무사시노는 꼿꼿하게 서서 제법 정중한 자세와 표정으로 태수에게 영어로 말했다.

"당신이 당했던 테러는 나하고 상관이 없지만 같은 일본인으로서 진심으로 미안하게 생각하고 있습니다."

서툰 영어지만 태수는 무사시노의 말을 제대로 알아들었다.

태수뿐만 아니라 많은 엘리트 선수가 지켜보는 가운데 무사시노는 뒤로 한 걸음 물러서더니 태수를 향해 정중하게 폴더처럼 허리를 굽혔다.

"용서하십시오."

그런데 무사시노 뒷줄에 있던 이마이 마사토와 몇 명의 일본 선수도 함께 허리를 굽히는 것이 아닌가.

파파파파팍—

취재진들이 달려들면서 일제히 카메라플래시를 터뜨렸다.

태수는 힐끗 단상 쪽을 쳐다보았다. 단상에는 도쿄도지사와 VIP들, 그리고 경찰 관계자가 서 있다가 이 광경을 보고 크게 당황하는 모습이다.

그걸 봐서는 무사시노가 주최 측이나 누군가의 지시를 받고 사과하는 것은 아닌 듯했다.

슥—

"I'm Okay."

태수는 무사시노에게 손을 내밀었다. 같은 선수로서 무사시노의 사과를 흔쾌히 받아들인 것이다.

무사시노는 허리를 펴더니 환한 표정을 지으며 태수의 손을 잡고 악수를 했다.

파파파파파팟—

와르르르르— 짝짝짝짝짝—

카메라플래시가 터지고 선수들과 연도에 늘어선 사람들이 뜨거운 박수와 함성을 보냈다.

태수는 설마 무사시노가 대회 출발을 앞두고 이런 식으로 깍듯하게 사과를 할 줄은 미처 예상하지 못했다.

무사시노는 태수의 손을 놓고 단상을 향해 뭐라고 큰 소리로 악을 쓰듯이 외쳤다.

일본어를 전혀 모르는 태수가 나중에 알게 된 사실인데, 이때 무사시노는 '테러 배후가 누구며 목적이 무엇인지 제대로 밝혀라!'고 외쳤다는 것이다.

태수는 도쿄도지사 등 단상의 인물들이 곤혹스런 표정을 짓는 것을 보았다.

사실 일본 정부는 '한태수 테러사건'을 단순한 강도사건으로 밀고 나가 유야무야 덮으려고 했었다.

사건을 은폐, 조작하고 억지를 쓰는 일은 일본이 전통적으로 매우 자주 사용하고 또 자랑할 만한 수법이라서 이상한 일도 아니었다.

그런데 IAAF가 강경하게 요구를 하고 또 국제적으로 일본의 위상이 크게 손상될 위기에 처하자 오늘 아침 출발에 앞서 어쩔 수 없이 '한태수 테러사건'의 전모를 밝히려고 했다. 그래서 도쿄경시청장이 단상에 모습을 나타낸 것이다.

무사시노의 항변 이후 도쿄경시청장이 밝힌 바에 의하면, '한태수 테러사건'의 배후는 일본우익단체의 하나인 '국수청년동맹'이며, 테러 목적은 열등 민족인 한국인이 몇 차례에 걸쳐서 일본 선수들을 이기고 우승을 한 것에 대한 보복이었다는 것이다.

'국수청년동맹'은 일본우익단체 중에서 '임협계(任俠係)'에 속하며, 이들은 일본 야쿠자, 즉 폭력단을 모체로 하는 일명 '행동파 우익'으로 분류된다.

도쿄경시청장은 '한태수 테러사건'의 배후로 드러난 '국수청년동맹'의 관련자들을 대거 구속하는 한편 '국수청년동맹'을 해체시키겠다고 굳게 약속했다.

도쿄경시청의 발표가 끝나자 단상에 있던 10여 명이 일렬로 늘어서 일제히 허리를 깊숙이 굽혀 사죄했다.

그때 영국 BBC방송 기자가 갑자기 태수 앞으로 다가와서 카메라와 마이크를 들이댔다.

"한태수 선수, 일본의 사과와 조치에 만족합니까?"

태수는 의연한 자세와 표정으로 대답했다.

"대한민국 속담에 '소 잃고 외양간 고친다'라는 말이 있습니다. 일본 경찰이 다음부터는 소를 잃기 전에 외양간을 튼튼하게 고쳤으면 좋겠습니다."

태수가 유창한 영어로 대답하자 와아아! 하고 함성과 박수가 터져 나왔다.

태수는 단상에 늘어선 도쿄도지사와 도쿄경시청장 등을 바라보며 말을 이었다.

"늦은 감이 있지만, 주최 측과 일본경시청의 성의에 감사합니다."

탕!

오전 9시 휠체어부문 출발 이후 9시 10분, 도쿄마라톤대회 엘리트 선수들이 출발 총성을 신호로 일제히 도쿄도청 앞을 튀어나갔다.

타타타타타탁탁탁탁탁—

태수는 스톱워치를 누르고 힘차게 달려 나갔다. 좌우로 키메토와 무타이, 베켈레, 케베데 등 정상급 선수들이 지축을 울리면서 나란히 달렸다.

타타탁탁탁탁—

스타트부터 태수 등을 추월하여 앞으로 쏜살같이 달려 나가는 선수들이 의외로 많았으나 태수를 비롯한 이른바 우승그룹은 조금도 동요하지 않았다.

출발선인 신주쿠 도쿄도청 앞의 대로는 완만한 내리막길이라서 선수들이 탄력을 받아 점점 빠르게 달렸지만 태수의 우승그룹은 처음부터 km당 2분 55초의 속도를 유지했다.

보통 출발 직후에는 km당 2분 57~58초의 속도로 뛰지만 이곳은 내리막이라서 속도를 조금 높였다.

힘들이지 않고 저절로 속도를 낼 수 있는 내리막에서 일부러 속도를 늦추는 것처럼 어리석은 짓은 없다.

이번 대회에 심윤복 감독이 태수에게 지시한 작전은 완급

조절을 적절하게 하라는 것이다.

심윤복 감독은 도쿄마라톤대회 풀코스를 몇 개의 큰 구간으로 나누어서 지형과 바람의 방향, 체력 등을 감안하여 어느 정도의 속도로 달리라는 제법 구체적인 지시를 내렸다.

그리고 손주열과 신나라, 티루네시, 마레에게는 따로 작전을 지시하면서, 각자 정해준 거리까지 무조건 태수와 한 그룹을 이루어서 달리고 했다.

예를 들면 손주열은 15㎞까지 태수하고 같이 뛰다가 이후 자기 페이스로 달리라고 지시했다.

그리고 티루네시와 신나라, 마레에겐 7㎞까지 태수와 함께 달리되 7㎞ 이후에 태수에게서 떨어져 나갈 때는 급격히 속도를 줄이지 말고 1㎞에 3초씩 속도를 늦춰서 마지막에는 ㎞당 3분 10초를 유지하라는 작전을 내렸다.

그 작전대로 하면 티루네시와 신나라, 마레는 최고 2시간 17분 내에, 최하 2시간 20분 내에 골인할 수 있다.

스타트해서 300m쯤 달렸을 때 태수는 슬쩍 뒤돌아보고 속도를 약간 늦추었다.

손주열은 바로 뒤에서 따라오고 있지만 티루네시와 신나라, 마레가 다른 선수들과 섞여서 15m쯤 뒤처져 달리고 있었기 때문이다.

태수가 속도를 늦추자 손주열도 즉시 속도를 늦춰 두 사람은 3초 뒤에 티루네시 등과 합류했다.

태수의 느닷없는 행동에 놀란 사람은 같이 달리고 있던 키메토와 무타이, 베켈레 등이다.

그들은 뒤처지는 태수를 급히 돌아보다가 태수가 타라스포츠 소속 선수들과 한 무리를 이루는 것을 보고 어떻게 된 일인지 짐작했다.

일찍이 마라톤대회에서 볼 수 없었던 기이한 광경이 이번 도쿄마라톤대회에 나타났다.

도쿄도청 앞 광장을 스타트하여 1㎞ 지점에 이르렀을 때 하나의 커다란 집단이 타원형을 만들어 도로 위를 달리고 있었다.

태수와 타라스포츠 선수들을 중심으로 약 30여 명의 선수가 에워싼 형태로 달리는 광경이다.

선두 태수 군단 좌우에는 무타이와 키메토, 베켈레, 케베데가 3~5m 앞서 달리고, 태수 군단 양옆으로는 킵상, 키프로티치, 킵초게, 무사시노 등 8명이 뛰고 있으며, 뒤쪽으로는 이마이 마사토와 키루이, 니시무라 신지, 데시사, 네게세 등 12명이 몇 겹의 띠를 이루어 달렸다.

그것은 30여 명의 엘리트 선수가 위험으로부터 태수를 호위하는 형태의 퍼포먼스이며 일본우익단체와 일본 정부에 보내는 강경한 메시지다.

미국 ESPN 중계팀은 이들을 '정의그룹(Justice Group)'이라고 부르기 시작했으며 곧이어 모든 중계방송팀이 그 이름을 따라서 불렀다.

2km 지점에 이르렀을 때 선두그룹은 정의그룹보다 40m 앞섰고, 2위와 3위 그룹은 각각 30m와 15m쯤 앞서 달리고 있는 중이다.

선두그룹은 7명으로 케냐의 새미 키트와라, 딕슨 춤바가 이끌고 있다.

이들은 정의그룹에 동조하지 않고 경기에만 집중하고 있는데, 그렇다고 해서 손가락질 받을 일은 아니다. 모든 사람에겐 자신이 추구하는 길이 따로 있다.

키트와라는 2014년 시카고마라톤대회에서 2시간 4분 27초로 2위를, 딕슨 춤바는 같은 해 시카고마라톤대회에서 2시간 4분 32초로 3위, 그리고 재작년 2014년 도쿄마라톤대회에서 2시간 5분 42초로 우승하여 대회 신기록을 수립했었고, 작년 2015년에는 2시간 6분 34초로 3위를 했었다.

그러므로 그들은 이 대회에서 충분히 우승을 할 수 있는 실력을 지니고 있다.

정의그룹의 선수들은 무언의 퍼포먼스에 동참한 것이기도 하지만 이런 형태가 사실은 우승을 향한 작전을 실행하는 중이기도 하다.

전 세계의 마라톤 전문가 68% 이상이 이번 도쿄마라톤대회의 우승자로 태수를 지목했다.

그가 지금껏 이룬 업적을 토대로 하고, 또 현재의 실력, 체력 등을 놓고 봤을 때 태수가 이번 대회에서 우승할 확률이 68%로 압도적이라는 뜻이다.

그러므로 태수가 속한 그룹은 누가 뭐라고 해도 우승그룹이라고 할 수 있다.

그건 태수와 직접 겨뤄본 선수들이 더 잘 알고 있다. 그러므로 그와 함께 끝까지 달릴 수 있다면 우승을 하거나 최소한 2, 3위권에는 들 수 있다는 얘기다.

타탁탁탁타타탁탁탁……

30여 명이 한데 뭉쳐서 달리고 있지만 과연 이들이 언제까지 함께 이런 상태로 달릴 것인지는 미지수다.

지금은 자선 공연을 하는 게 아니라 총칼 없는 마라톤 전쟁 중이라서 언제든지 정의그룹이 해체될 수 있기 때문이다.

이마이 마사토는 무사시노에게 꼭 해주고 싶은 말이 있어서 속도를 높여 그의 옆에 나란히 달렸다.

"기무라!"

이마이의 부름에 무사시노가 힐끗 쳐다보았다.

"아까 한태수에게 사과한 것은 정말 잘했다! 네가 자랑스럽다, 무사시노!"

"오해하지 마십시오, 선배님."

무사시노는 냉랭하게 대꾸했다.

"나는 일본인이 비열하게 그런 추잡한 방법으로 마라토너를 테러했다는 사실에 분노했습니다. 그래서 한태수에게 같은 일본인으로서 사과한 것입니다."

"무사시노."

"그렇지만 내가 한국인을 경멸하는 것과 한태수를 증오하는 것에는 변함이 없습니다. 나는 이번 대회에 정정당당한 방법으로 반드시 한태수를 이길 겁니다."

무사시노는 놀라고 있는 이마이를 남겨두고 속도를 높여 앞으로 달려갔다.

이마이는 멍한 얼굴로 무사시노를 쳐다보다가 이윽고 고개를 끄떡였다.

'어떤 점에서는 네 말이 맞다, 무시사노. 승부는 냉정한 거니까. 하지만 한국인을 경멸하고 한태수를 증오하는 것은 잘못된 일이다. 한태수는 존경받아 마땅한 사람이다.'

4km를 지날 즈음 정의그룹의 경쟁자들은 더 이상 퍼포먼스

에는 신경을 쓰지 않고 각자 유리한 포지션에서 달리기 시작했다.

처음에 30여 명이던 정의그룹은 3km에서 25명이 되었다가 4km를 지나고 있는 현재 19명으로 줄었다.

떨어져 나간 선수들은 정의그룹을 앞서 달리거나 아니면 뒤처진 상태다.

아까까지는 무타이와 키메토, 베켈레 등이 태수보다 5m쯤 앞서 달렸으나 지금은 태수 좌우에서 나란히 달리고 있는 중이다.

태수 앞에서 달려서 좋을 게 하나도 없다는 사실을 경험으로 잘 알고 있기 때문이다.

방금 전 4km를 통과할 때 시간이 11분 45초였다. km당 2분 56초의 평균속도로 빠르지도 느리지도 않은 적절한 속도라고 할 수 있다.

손주열과 신나라, 티루네시, 마레는 태수 바로 뒤에서 3m 거리를 두고 바짝 따르고 있는데 마치 어미 오리를 뒤따르는 새끼오리들 같은 모습이다.

그런데 티루네시는 달리면서도 자꾸만 뒤를 돌아보면서 사납게 인상을 쓰고 있다.

티루네시들의 후미 5m에서 쇼부코바가 꾸준히 따라오고 있기 때문이다.

마라톤에 참가한 선수가 주로를 달리고 있으며 그러다가 태수 군단 후미를 따라가는 모양새가 될 수도 있지만 티루네시는 그렇게 생각하지 않았다.

시카고마라톤대회와 뉴욕마라톤대회 때 태수가 페메를 해준 덕분에 좋은 성적을 올린 쇼부코바가 이번에도 그를 페메로 삼는 것이라고 생각했다.

쇼부코바 때문에 태수가 테러를 당해서 죽을 뻔했는데 그것에 대한 양심의 가책도 없이 또다시 태수를 페메로 삼는 그녀의 행동을 뻔뻔스럽다고 생각하는 티루네시다.

심윤복 감독이 티루네시와 신나라, 마레에게 지시한 작전은 7㎞까지만 태수하고 함께 가다가 뒤처지라는 것인데 티루네시는 지금 상황에서는 그 작전대로 하지 못할 것 같은 예감이 들었다.

신나라는 티루네시가 자꾸 뒤돌아보는 모습을 보고 자신도 뒤돌아봤다가 쇼부코바가 따라오고 있는 걸 발견하고 급히 태수를 불렀다.

"선배님! 쇼부코바가 따라와요!"

신나라도 쇼부코바를 원망하고 있지만 티루네시처럼 심하지 않기에 경기에 악영향을 끼칠 정도는 아니다.

그렇지만 신나라가 보기에 티루네시는 쇼부코바에게 너무 신경을 쓰다가 경기를 망칠지도 모른다는 생각에 태수의 도움을 청한 것이다.

태수는 힐끗 뒤돌아보고는 타라스포츠의 여자들 뒤에서 쇼부코바가 따라오고 있으며 그러는 중에도 티루네시가 뒤돌아보는 모습을 발견했다.

"주열아! 나라야! 티루네시 뒤로 가서 커버해라."

태수는 손주열과 신나라에게 지시하고는 자신은 속도를 조금 늦춰서 티루네시와 마레하고 나란히 달리기 시작했다.

"태수!"

티루네시는 깜짝 놀랐으나 곧 태수의 의도를 깨닫고 그의 배려에 고마움과 더불어 자신이 쇼부코바를 지나치게 견제하다가 경기를 망칠 뻔했다는 사실을 깨달았다.

그래서 티루네시는 좋은 선수다. 대부분의 사람은 잘못을 지적해도 미련하게 자신의 고집을 밀고 나가는데 그녀는 태수의 단 한 번의 지적에 즉시 깨달은 것이다.

태수는 티루네시 오른쪽에서 나란히 달리면서 그녀의 몸을 슬쩍 아래에서 위로 훑어보았다.

"오우, 굿 바디."

케냐와 에티오피아를 비롯한 아프리카와 서양 선수들은 거의 모두 비키니처럼 짧은 팬츠에 스포츠브라를 하는데 티루네시도 예외는 아니다.

그녀는 얼굴만 빼고 목부터 발바닥까지 온몸이 근육질이면서도 미끈하게 빠져서 환상적인 몸매를 자랑한다.

티루네시는 태수가 분위기를 띄우려고 그런 말을 한다는 걸 알고 배시시 미소 지었다.

"태수, 나 아직 처녀야."

"알고 있어."

태수와 티루네시는 한솥밥을 먹으면서 밤낮으로 훈련과 생활을 같이하면서 격의 없이 친해졌다.

태수는 티루네시가 아직 결혼하지 않았다는 사실을 알고 있다. 그녀의 관심사는 오로지 육상과 가족뿐이기 때문에 그 흔한 연애 한 번 해볼 기회가 없었다고 한다.

"I'm a pure virgin(나 숫처녀라고)."

"……."

태수는 말문이 막혔다.

티루네시는 태수를 골릴 생각으로 그의 아랫도리를 힐끗 쳐다보았다.

"태수에게 내 버진을 줄 수 있어."

"티루네시!"

"아하하하하하!"

태수가 화들짝 놀라서 소리치자 티루네시는 고개를 젖히고 명랑한 웃음을 터뜨렸다.

5㎞ 급수대.

태수그룹은 5위로 밀렸다.

하지만 5㎞까지 ㎞당 평균속도 2분 57초로 준수한 편이다. 이 속도를 이븐 페이스로 삼아서 골인한다면 2시간 4분대를 기록할 수 있다.

도쿄마라톤대회는 무난한 코스다. 뉴욕처럼 언덕이 많지 않지만 그렇다고 베를린처럼 평탄하지도 않다. 그저 완만한 언덕과 평지가 고르게 잘 섞여 있다.

사실 태수는 이 대회에서 자신의 세계기록을 경신할 계획을 남모르게 세우고 있다.

냉정하게 평가했을 때 현재 그는 그 어느 때보다도 최상의 컨디션을 유지하고 있는 상태다.

또한 뉴욕마라톤대회 이후 로드 바이크로 대한민국 국토종주를 하고 에티오피아 전지훈련을 하는 등 특별한 강훈련을 지속했으므로 체력은 최상의 상태에 도달해 있다.

태수는 컨디션이 최악이었던 뉴욕마라톤대회 때 대회기록인 2시간 5분 06초를 경신하여 2시간 4분 17초로 우승하는 기염을 토했었다.

그러므로 현재 컨디션 최상인 상태에서 뉴욕보다 코스가 훨씬 좋은 도쿄에서 한번 큰일을 저질러 볼까 계획한 것이다. 물론 그런 얘기는 아무에게도 하지 않았다.

태수의 목표는 도쿄마라톤대회에서의 우승이기도 하지만 아울러 자신이 작년에 베를린마라톤대회에서 세운 2시간 2분 45초의 기록을 깨는 자신과의 싸움이기도 하다.

5㎞ 급수대 1번 스페셜 테이블에는 타라스포츠에서 새롭게 시판하고 있는 태수의 닉네임을 딴 상표 '윈드 마스터'와 '트리플맨' 음료수들이 가득 차려져 있다.

그리고 닥터 나순덕이 따로 제조한 음료와 생수는 심윤복 감독과 민영, 코치진들이 나누어서 쥐고는 태수 등에게 일제히 내밀었다.

"너희들 7㎞에서 확실히 태수에게서 떨어져라!"

"오빠! 잘하고 있어!"

태수 군단이 우르르 1번 스페셜 테이블로 몰려들자 심윤복 감독과 민영이 외쳤다.

심윤복 감독의 말은 티루네시와 신나라, 마레에게 하는 것이다. 태수하고 계속 같이 가지 말고 7㎞에서 떨어져 나오라는 것인데 욕심을 부리다가 오버페이스를 할까 봐 염려하고 있는 것이다.

스페셜 테이블은 같은 소속팀 선수들이 함께 사용할 수 있도록 규정이 되어 있으며, 선수 중에서 가장 기록이 좋은 선수를 기점으로 한다.

급수대에서 음료와 물을 받느라 태수그룹이 우르르 흩어졌지만 태수 군단은 물을 마시면서도 흩어지지 않고 한데 뭉쳐서 다시 달려 나갔다.

2월 21일이면 아직 겨울의 끝자락이라서 이제 겨우 5㎞를 달린 상황에서는 그다지 갈증을 느끼지 않기 때문에 절반 이상의 선수가 5㎞ 급수대를 그냥 지나쳤다.

하지만 태수는 인체에 수분이 얼마나 중요한지 잘 알고 있기 때문에 특수한 상황이 아니면 꼭 물을 보충하는 것을 기본으로 하고 있다.

잠시 흩어졌던 태수그룹 선수들이 급수대를 지나면서 다시 모여들었다.

태수 군단 5명을 중심으로 키메토와 무타이, 베켈레, 케베데, 킵상, 키프로티치, 킵초게, 그리고 일본의 무사시노와 이마이 마사토, 니시무라 신지가 합세했다.

그리고 태수그룹의 끄트머리에서 10m 떨어져 쇼부코바가 따르고 있다.

이들 모두는 세계적인 마라톤 전문가들이 이 대회에서 태수가 우승할 확률이 68%라고 공언한 사실을 잘 알고 있기 때문에 죽으나 사나 태수하고 함께 그룹을 지어 달리려고 작정을 한 것 같았다.

타타타타탁탁탁탁—

달리고 있는 태수의 전방 오른쪽에 높은 담에 둘러싸인 일 왕가족이 살고 있다는 왕궁이 나타났다.

이제 300m만 더 가면 타라스포츠 소속 여자 선수들이 떨어져 나가기로 한 7㎞ 지점이다.

심윤복 감독은 태수를 비롯한 타라스포츠 소속 선수들의 컨디션을 매우 잘 파악하고 있지만 태수만큼은 아니다.

태수는 심윤복 감독이 모르는 것까지, 이를테면 여자 선수들의 생리일까지도 속속들이 알고 있다.

티루네시는 이번 대회에서 최소한 쇼부코바의 기록을 깨고 싶다는 속마음을 태수에게만 은밀하게 말했었다.

태수는 타라스포츠 마라톤팀의 멘토 같은 존재이기 때문에 모두들 그에게는 속내를 허심탄회하게 다 얘기한다.

티루네시는 쇼부코바의 기록을 깨는 것을 목표로 하고, 신나라와 마레는 자신들의 기록을 경신하면서 이 대회에서 입상권에 들기를 원하고 있다.

"티루네시."

왕궁을 오른쪽에 끼고 달리면서 태수는 왼쪽에서 나란히 달리는 티루네시를 불렀다.

"이제부터 ㎞당 2분 54초로 갈 거야. 따라올 수 있겠어?"

티루네시는 긴장한 표정을 지었다. ㎞당 2분 54초의 속도라면 풀코스를 2시간 2분대에 골인할 수 있는 빠른 속도다.

하지만 태수는 지금까지 km당 2분 56~57초의 속도로 달렸기 때문에 지금부터 2분 54초의 속도로 높인다고 해도 자신의 기록을 경신할 수가 없다.

그래서 그는 조금씩 빠른 속도를 내면서 38km까지 간다는 작전을 염두에 두고 있다.

그는 티루네시와 신나라, 마레, 손주열까지 모두 챙겨야 하기 때문에 자신의 작전에 그들의 작전을 최대한 적절하게 접목을 시켜야만 하는 입장이다.

"언제까지?"

"티루네시는 15km까지야."

티루네시는 놀라는 표정을 지었으나 곧 힘껏 고개를 끄떡이며 대답했다.

"오케이. 같이 간다."

태수는 손주열에게는 20km까지, 신나라와 마레는 12~13km까지 따라오라고 일일이 지시했다.

태수 군단이 달리고 있는 왕궁 옆 우치보리길 전방에 7km 팻말이 나타나자 티루네시와 손주열, 신나라, 마레의 얼굴이 굳어지면서 단단한 각오가 나타났다.

부랴부랴 10km 급수대까지 미리 온 심윤복 감독과 민영은 태수 좌우에 티루네시와 마레, 그리고 바로 뒤에 신나라와 손주열이 바짝 따르고 있는 걸 보고 눈살을 찌푸렸다.

티루네시와 신나라, 마레에겐 7㎞까지만 태수하고 함께 가고 이후에는 뒤처지라고 지시했는데 5명이 한 덩어리가 되어 달려오고 있기 때문이다.

"태수야! 무슨 작전이 있는 거냐?"

"맡겨주세요!"

심윤복 감독은 민영에게 음료와 물을 받고 있는 태수에게 외쳤고, 그는 달려가면서 씩씩하게 대답했다.

"오빠! 도쿄 쓸어버려!"

민영은 멀어지는 태수의 등에 대고 두 손을 입에 모으고 목에 핏대를 세우며 외쳤다.

그녀는 태수가 이 대회에서 우승할 거라는 사실을 절대로 의심하지 않았다.

심윤복 감독은 선수들에 가려서 보이지 않는 태수 쪽을 쳐다보면서 중얼거렸다.

"태수 저놈 어쩌려고⋯⋯."

민영이 태수의 모습을 찾으려고 고개를 이리저리 돌리면서 그에게 물었다.

"오빠 믿지 못하세요?"

"믿어요."

"그런데 왜 그래요?"

심윤복 감독은 눈살을 찌푸렸다.

"도대체 무슨 일로 날 또 놀래키려는 건지 종잡을 수가 없어서 그래요."

"하하하! 어쨌든 기분 좋게 놀라는 거잖아요!"

"그렇긴 하지만……."

10㎞ 급수대가 있는 긴자에서 첫 번째 반환점 시나가와까지 5.5㎞는 완만한 언덕이 3개 있는 대체적으로 평탄한 직선 도로다.

태수 군단 좌우에서 나란히 달리고 있는 키메토와 무타이, 베켈레 등은 태수의 속도가 조금씩 빨라지는 것을 보고는 그가 첫 번째 승부를 걸었다는 사실을 깨달았다.

태수의 작전이 무엇인지는 모르지만 무조건 종반 40㎞ 이전까지 태수와 같이 간다는 게 그들의 작전이다.

태수가 속도를 높이면 같이 높이고 늦추면 같이 늦춘다. 이른바 '쉐도우 작전'이다. 그러다가 마지막에 기회를 잡아 막판 스퍼트를 해서 승부를 가른다.

"학학학학……."

태수는 뒤에서 따라오는 신나라와 마레의 가쁜 숨소리를 들었지만 속도를 늦추지 않았다.

그것은 티루네시나 손주열이라고 해도 마찬가지다. 태수는 동료들을 위해서가 아니라 자기 자신을 위해서 뛰고 있는 것이다. 그러다 보면 그게 조국을 위한 일도, 타라스포츠를 위한 일도 된다.

태수는 자신의 계획에 동료들의 계획과 작전을 맞추려는 것이지 그들에게 자신을 맞추려는 생각은 추호도 없다.

오히려 지금 태수는 속도를 조금씩 높여가고 싶은 것을 참고 있는 중이다.

그렇게 하면 신나라와 마레뿐만 아니라 티루네시마저도 떨어져 나가고 말 것이다.

현재 12㎞니까 신나라와 마레는 떨어져 나가도 되지만 아등바등 따라오고 있다.

태수가 볼 때 동료들이 어디까지 따라와야 한다고 꼭 정해진 것은 없다.

티루네시에게 15㎞까지 같이 가자고 했지만 따라오지 못하면 어쩔 수 없는 일이고, 15㎞ 이상 같이 갈 수 있다고 하면 그 역시 말릴 일이 아니다.

현재 태수그룹에는 강력한 우승후보들이 모조리 모여 있다. 키메토와 무타이, 베켈레, 케베데, 킵상, 키프로티치 등등 무려 13명이다.

아니, 무리의 끄트머리에서 5m 거리를 두고 꾸준히 따라오고 있는 쇼부코바까지 14명이다.

"후-우-우… 헉헉헉헉……."

타탁탁타타탁탁…….

태수그룹의 끝자락에서 부지런히 달리고 있던 이마이 마사토와 니시무라 신지가 차츰 뒤로 밀려 나가더니 쇼부코바 뒤쪽으로 쭉 처졌다.

이마이와 니시무라의 기록은 2시간 7분대로 쇼부코바의 2시간 18분대보다 무려 11분이나 빠르다.

풀코스를 2시간 7분대에 골인하려면 km당 3분 1초의 속도로, 2시간 18분대는 3분 17초의 평균속도다.

그러니까 상식적으로 생각하면 이마이와 니시무라가 쇼부코바에게도 밀려서 뒤로 처진다는 것은 말이 되지 않는다.

하지만 쇼부코바가 중장거리, 즉 5,000m와 10,000m 선수 출신이라는 사실을 감안하면 말이 된다.

한때 그녀는 5,000m와 10,000m 세계기록과 유럽기록을 보유하고 있었다.

그 당시에 그녀는 10,000m를 29분대에 주파했으며 그것은 km당 2분 54초의 평균속도다.

그러므로 그녀가 지금 속도로 태수그룹을 뒤따르는 것은 큰 무리가 없으며, 정통 마라토너인 이마이와 니시무라보다 잘 달리는 것이 당연한 일이다.

태수 옆과 뒤에서 부지런히 달리고 있는 티루네시와 신나라, 마레도 역시 중장거리 출신이라서 10㎞까지는 남자 선수에 맞춰서 달릴 수 있는 것이다.

"힘내라, 기무라!"

뒤로 20m나 처진 니시무라 신지가 주먹을 불끈 쥐면서 무사시노에게 외쳤다.

'병신새끼…….'

무사시노는 뒤돌아보지도 않고 경멸의 미소를 엷게 지었다.

도로변에는 정말 수만 명의 시민이 박수와 함성을 지르면서 열렬히 응원을 하고 있다.

작년 도쿄마라톤대회 때 250만 명에 달하는 도쿄 시민이 시내 곳곳에서 응원을 했다더니 올해도 그에 못지않은 응원 인파가 거리를 메우고 있다.

13㎞ 조금 못 미친 지점에서 마레가 뒤로 처지기 시작했다. 그녀는 안타까운 표정으로 힘을 내보지만 역부족이다. 안간힘을 쓰면 태수그룹을 몇 ㎞ 정도 뒤따라갈 수 있겠지만 그러면 오버페이스가 된다.

신나라는 한 번 힐끗 뒤돌아봤지만 티루네시는 서너 번이나 자꾸 뒤돌아보며 안타까운 표정을 지었다.

"후우웃… 훅훅! 마레 떨어졌다!"

손주열이 티루네시에게 배운 복식호흡을 하면서 두어 걸음
앞선 태수에게 말해주었다.

이때쯤 경쟁자들은 태수의 의도를 정확히 짐작하게 되었
다.

태수가 ㎞당 2분 54~55초의 속도로 계속 달리거나 점점
그보다 빠른 속도로 달리면서 경쟁자들을 하나씩 떨어뜨리는
작전이라고 확신했다.

경쟁자들은 그렇게 할 경우에 피니시라인에 늦어도 2시간
4분 내에, 빠르면 2시간 3분 안에 들어갈 수 있다는 계산까지
했다.

"나라는 어떠냐?"

"학학학학… 아직 견딜 만해요……!"

태수의 물음에 그의 뒤에서 악착같이 따르고 있는 신나라
가 할딱거리면서 대답했다.

"나라야! 그만 떨어져라!"

"네?"

태수는 신나라의 목소리에서 그녀가 지금 얼마나 숨 가빠
하고 있는지의 정도를 감지하고 이제 그만 떨어지라고 외쳤
다.

태수가 보기에 신나라는 지금 오버페이스의 시작 단계로

들어서고 있는 게 분명했다.

신나라는 태수가 두 번 말하기 전에 속도를 조금 늦추며 무리에서 떨어져 나갔다.

"파이팅하세요, 오빠!"

태수 군단의 남은 사람은 태수와 손주열, 티루네시 셋이다.

태수는 손주열과 티루네시는 걱정하지 않았다. 두 사람은 힘이 부친다고 생각하면 스스로 알아서 떨어져 나갈 것이다.

"태수."

그때 왼쪽에서 달리고 있는 티루네시가 불쑥 태수를 불렀다.

"왜?"

"나 대한민국으로 귀화할까?"

"What?"

자다가 봉창 두드리는 소리에 태수는 어이가 없었다.

"귀화할 자격이 될까?"

"충분하고도 넘치지."

"올해 리우올림픽에 대한민국 대표로 뛰고 싶어."

만약 티루네시가 대한민국 선수로 브라질 리우데자네이루 올림픽에 출전한다면 육상에서 최소한 3~4개의 메달 획득이

가능할 거라고 태수는 생각했다.

"정말이야?"

태수가 티루네시를 쳐다보면서 묻자 그녀는 더욱 진지한 표정을 지었다.

"태수가 나랑 결혼해 주면 귀화할 거야."

"티루네시!"

"아하하하하하하!"

달리다가 갑자기 티루네시가 웃음을 터뜨리자 모두들 어리둥절한 얼굴로 그녀를 쳐다보았다.

태수는 티루네시가 평소하고는 달리 이상한 농담을 하는 이유가 쇼부코바를 견제하느라 예민해졌기 때문일 거라고 짐작했다.

13.6㎞ 지점에서 태수그룹은 3위 그룹을 잡았다.

3위 그룹은 현 세계챔피언 태수를 비롯하여 쟁쟁한 초정상급 선수들을 앞질렀다는 심리적 부담 때문에 스타트부터 줄곧 오버페이스를 했다.

그들은 4명인데 일렬로 5~15m 거리를 두고 달리다가 태수그룹에게 덜미를 붙잡혔다.

그런데 뜻밖에도 거기에 일본의 시민런너인 가와우치 유키가 속해 있었다.

호주 골드코스트마라톤대회와 일본 북해도마라톤대회 때만 해도 가와우치 유키는 태수하고 막상막하의 강력한 라이벌이었다.

　　그런데 지금은 가와우치로서 감히 올려다보지 못할 높은 곳에 태수가 올라가 있다.

　　가와우치가 퇴보한 것이 아니라 태수가 놀라운 발전을 이루었기 때문이다.

　　태수그룹은 가와우치를 마지막으로 3위 그룹을 추월하고 250m 전방에서 달리고 있는 2위 그룹을 향해 힘차게 달려 나갔다.

　　애당초 2시간 7분~10분대의 2위 그룹 따윈 안중에도 없는 태수그룹이다.

　　현재 선두는 키트와라, 춤바가 이끄는 4명인데 태수그룹하고 320m 정도 거리다.

　　키트와라와 춤바는 지금 태수그룹에서 뛰고 있는 키메토나 무타이, 베켈레, 킵상 등과 같은 레벨이며 여러 국제마라톤대회를 휩쓸었으나 현재는 태수로 인해서 다들 주춤하고 있는 형편이다.

　　어떤 대회에서는 키메토나 무타이, 킵상 등이 우승을 했고, 또 다른 대회에서는 키트와라, 춤바가 우승을 할 정도로 막상막하인 것이다.

그렇지만 태수그룹에서 뛰고 있는 선수들은 자신들이 키트와라, 춤바를 당연히 이길 것이라고 믿는다. 왜냐하면 자신들을 이끌고 있는 사람이 태수이기 때문이다.

그만큼 태수에 대한 믿음이 크고, 믿음이 큰 만큼 경쟁자로서 두려움을 느끼고 있다.

태수그룹이 선두그룹을 추월할 때 키트와라와 춤바가 태수그룹에 속해서 같이 달리는 방법도 있겠지만, 키트와라와 춤바는 그다지 오래 같이 달리지는 못할 것이다.

스타트부터 키트와라와 춤바는 태수그룹을 의식하면서 선두그룹의 페이스로 달렸지만, 태수그룹은 태수의 페이스로 줄곧 달려왔기 때문이다.

쫓기는 자와 쫓는 자의 차이다.

비슷한 체력과 훈련량, 그리고 비슷한 실력과 컨디션으로 똑같은 거리를 달려왔지만 키트와라그룹과 태수그룹의 현재 상태는 다를 수밖에 없다.

두 그룹이 서로 다른 방법으로 여기까지 달려왔기 때문이다. 그게 바로 마라톤의 냉정한 법칙이다.

태수도 키메토도 무타이나 베켈레, 심지어 키트와라와 춤바까지도 그 사실을 너무나 잘 알고 있다.

그래서 키트와라와 춤바는 태수그룹에게 선두를 뺏기지 않으려고 전력을 다할 것이다.

시나가와 15.5㎞ 첫 번째 반환점 500m 전에 3번째 급수대가 설치되어 있다.

조금 전까지만 해도 320m 거리였던 태수그룹과의 거리가 270m로 좁혀지자 키트와라, 춤바는 물도 마시지 않고 반환점을 향해 달렸다.

15㎞ 지점에서의 급수는 매우 중요하고 그 사실을 잘 알고 있을 텐데도 키트와라와 춤바, 그리고 나머지 2명도 덩달아서 물을 마시지 않았다.

태수그룹은 선두그룹을 잡으려고 아무도 애쓰지 않고 그저 물이 흐르듯이 유유히 달리고 있을 뿐이다.

문득 태수는 좋은 생각이 났다. 키트와라와 춤바를 페메로 앞세우고 가자는 것이다.

태수가 선두그룹을 잡으려고 한다면 키트와라와 춤바는 기를 쓰고 도망칠 것이 뻔하다.

태수가 마음만 먹으면 선두그룹을 잡을 수는 있지만 그럴 경우 약간의 오버페이스로 진이 빠져 버릴 것이다.

그럴 바에는 차라리 뒤에서 적당한 거리로 추격하면서 페메로 삼는 게 좋다.

키트와라와 춤바는 추월당하지 않으려고 죽어라고 달릴 텐데 태수가 봤을 때 그들의 현재 상태로는 ㎞당 2분 52~54초

사이의 속도일 것이다.

그 정도면 적당하다. 그렇게 뒤쫓으면 태수그룹에서도 힘에 부치는 사람은 떨어져 나갈 테니 자연도태하는 셈이다. 이것은 이른바 사냥몰이다.

뉴욕마라톤대회에 이어서 도쿄마라톤대회에서도 태수의 사냥몰이가 빛을 발하는 것이다.

제35장
도쿄대첩

태수의 예상은 적중했다.

그가 적당한 거리와 속도로 압박하자 선두그룹은 조금 더 속도를 높여서 달리기 시작했다.

태수그룹의 원래 속도는 km당 2분 56초였는데 선두그룹은 첫 번째 반환점을 돌자마자 2분 53초의 속도로 도망쳤다.

키트와라와 춤바가 선두에서 나란히 달리고 있는 것으로 봐서는 둘이 같은 생각을 하고 있는 것 같았다.

태수가 해줄 일을 기특하게도 키트와라와 춤바가 대신 해주고 있다.

㎞당 2분 53초의 빠른 속도로 달리면 선두그룹과 태수그룹에서 도태하는 선수들이 속출할 것이다.

이것은 일명 '솎아내기'인데 구태여 할 필요가 없다. 어떤 형태로든 실력이 부족한 선수들은 떨어져 나가게 마련이기 때문이다.

처음에 태수는 같이 그룹을 이루어 달리는 선수들을 떨쳐내기 위해서 애썼는데 사실 그럴 필요가 없었다.

그런 불필요한 동작들이 쓸데없이 에너지를 낭비하게 만들고 그런 것들이 반복되면 피로가 누적되고 에너지가 더 빨리, 그리고 많이 고갈되는 것이다.

그래서 지금의 태수는 진짜 승부를 걸어야 할 경우에만 행동을 취하고 그래서 피로 누적과 에너지 낭비를 최소화하려고 애쓴다.

타타타탁탁탁탁탁탁―

태수그룹에서도 도태되는 선수들이 있을 테지만 태수는 일부러 확인하려고 돌아보지 않았다.

그는 자신과 태수 군단만 신경을 쓰면 된다. 그렇지만 최종적으로는 자기 자신만 추스르면 된다. 티루네시와 손주열, 신나라, 마레는 자신들이 알아서 해야 한다. 그것이 냉정한 승부의 세계다.

"학학학학학… 태수야……."

뒤에서 손주열의 금방이라도 넘어갈 듯한 숨소리가 들렸다.

태수는 뒤돌아보지 않았지만 그 대신 손주열의 작별 인사가 들려왔다.

"파이팅! 윈드 마스터!"

첫 번째 반환점을 돌고 16㎞를 지나 17㎞를 향해서 가고 있는 중에 손주열이 떨어져 나갔다. 이제 태수 군단에 남은 사람은 태수와 티루네시 둘뿐이다.

10㎞ 지점인 히비야공원에서 우회전하여 시나가와 첫 번째 반환점까지 15.5㎞이고, 다시 히비야공원으로 돌아가서 긴자로 우회전할 때까지 5.5㎞. 도합 11㎞는 거의 일직선 도로다.

작은 언덕이 2개, 큰 언덕이 하나 있는데 완만한 경사도라서 그다지 힘들지는 않다.

뒤돌아보는 것도 요령이 있다. 좌우 회전을 할 때 슬쩍 옆을 쳐다보는 것처럼 돌아봐야지 자세가 흔들리지 않는다.

자세가 흔들리면 그만큼 피로가 생기고 에너지가 소비된다. 별거 아니지만 그런 것들이 쌓이고 다른 것들과 합쳐져서 결국 주저앉게 만드는 것이다.

거대한 구축함을 침몰시키는 데에는 구태여 배를 두 동강낼 필요까진 없다. 그저 작은 구멍 몇 개만 뚫으면 되는 것과 같은 이치다.

어쩌면 그토록 잘 달리는 베켈레가 자주 뒤돌아보는 좋지 않은 습관 때문에 불필요하게 피로가 쌓이고 에너지가 낭비되어 마지막에 스퍼트를 제대로 하지 못하는 것일 수도 있다. 그 자신은 그게 별것 아니라고 생각할 테지만 사실은 그게 대단한 필패(必敗) 요인이다.

태수는 자신의 그룹에서 몇 명이 떨어져 나가는지 조금도 궁금하지 않다.

아직 갈 길이 멀고 신경 써야 할 일은 더 많이 남아 있다. 자질구레한 것들까지 일일이 신경을 쓰다가는 머리만 복잡해진다.

따지고 보면 그것도 에너지 낭비다. 두뇌를 사용하는 것처럼 에너지가 많이 낭비되는 일도 드물다.

태수는 마라톤을 하고 나서 점점 인간이 되어가고 있다. 마라톤을 하기 전의 그는 그냥 되는대로 살았던 것 같다.

그렇지만 그 당시에는 자신이 참 열심히 착하게 살고 있다고 생각했었다.

그런데 그게 아니다. 그땐 자신을 돌아볼 능력도 계기도 없었는데, 나중에 마라톤으로 성공하고 나서 돌아보니까 그건 열심히 착하게 산 게 아니라 우직하게 바보처럼 산 것이었다는 걸 깨달았다.

그때는 환경이 그래서였는지는 몰라도 오로지 자기 자신만 생각했었다.

혜원을 사랑하지만 그녀를 돌보거나 돈이 들지 않는 자상함이라도 베풀 겨를이 없었다. 몸도 마음도 다 팍팍하고 고단했기 때문이었다.

하지만 지금은 주위 사람들도 돌아보게 되고 베풀 줄도 알고 사람답게 사는 게 뭔지도 알게 되었다.

만약 지금 이대로 마라톤을 모르던 시절로 되돌아간다고 해도 그때 같은 생활이 아닌, 전혀 다른 새로운 삶을 살게 될 것 같다.

여유는 사람을 사람답게 만들어준다. 처음 그 사실을 깨달았을 때에는 돈이 많아진 덕분이라고 생각했었는데 그게 아니었다.

여유는 자신이 초라하다고 여기는 자기 빈곤을 버렸을 때 비로소 생기는 것 같다.

지금 아무것도 가진 거 없이 팬츠와 싱글렛만 달랑 입고 주로를 달리고 있는 이 상황에서는 너 나 할 것 없이 모두 똑같은 입장이다.

아마도 바로 이런 상황이 거듭되면서 태수는 촉박함이 점점 여유로움으로 변한 것 같다. 게다가 마라톤에서 절대로 필요한 것이 넉넉한 여유다.

탁탁탁탁탁탁탁—

"후우우… 훗훗! 하아아… 핫핫!"

태수는 문득 티루네시의 숨소리가 거칠어졌다는 생각이 들었다. 아니, 사실은 아까부터 그랬었는데 지금 문득 깨달은 모양이다.

티루네시를 잠시 망각하고 있었다. 제아무리 중장거리의 살아 있는 전설이라고 해도 2시간 7분대인 손주열마저 떨어져 나가는 판국에 그녀가 아직껏 태수와 나란히 달리고 있다는 것은 분명한 오버페이스다.

태수는 티루네시를 쳐다보았다. 그녀는 입을 평소보다 더 크게 벌리고 머리와 양어깨가 많이 흔들리고 있다.

뿐만 아니라 보폭이 많이 넓어졌으며 발뒤꿈치로 엉덩이를 찰 듯이 무릎이 많이 꺾이고 있다.

그건 태수에게 가르침을 받은 원마주법이 아니라 예전에 티루네시 폼이다. 지치게 되니까 몸에 밴 옛날 주법이 다시 튀어나온 것이다.

태수는 티루네시가 아직도 떨어져 나가지 않는 이유가 분명히 쇼부코바 때문일 거라고 생각했다.

뒤돌아보고 확인하지는 않았지만 필경 쇼부코바가 뒤에서 끄떡없이 따라오고 있을 것이다.

그래서 그녀에게만은 지기 싫은 티루네시가 이를 악물고 오버페이스를 하고 있는 것이 분명하다.

km당 2분 54초의 속도는 10,000m를 29분에 주파할 수 있는 빠른 속도다.

예전 전성기 때의 티루네시는 10,000m를 29분 후반이나 30분 초반에 달렸었다. 그러나 지금 그녀의 몸은 그때하고는 많이 다르다.

"티루네시."

태수의 부름에 티루네시가 미소를 지으려고 애쓰면서 그를 쳐다보았다. 힘든 얼굴에 미소를 지으니까 얼굴이 일그러져 보였다.

태수는 그녀를 부르고 나서 머릿속으로 재빨리 계산을 한 후에 말했다.

"지금부터 3분 20~25초로 가."

"What?"

km당 2분 54초로 뛰다가 갑자기 3분 20~25초로 가라니까 놀랄 수밖에 없다.

"그러면 2시간 15~17분에 골인할 수 있어."

"정말?"

티루네시의 단점 중에 하나는 전혀 계산을 하지 않고 체력만 믿고 달린다는 사실이다.

"그래. 지금 뒤처진다고 해서 쇼부코바에게 지는 게 아냐. 마지막 피니시라인을 먼저 통과하는 사람이 이기는 거야."

"태수⋯⋯."

"나만 믿어. 그렇게 달리면 티루네시가 반드시 이겨."

현재 17㎞ 지점까지 50분이 걸렸으니까 ㎞당 무려 2분 56초의 평균속도로 뛰었다. 아무리 티루네시라고 해도 그건 엄청난 무리다.

앞으로 남은 거리 25.195㎞를 ㎞당 3분 24초의 속도로 달리면 1시간 25분이 걸린다.

50분+1시간 25분=2시간 15분이다. 거기에서 러너스 하이나 마의 벽으로 시간을 조금 까먹는다고 해도 2~3분, 그러면 아무리 늦어도 2시간 15~17분에 골인할 수 있다는 게 태수의 계산이다.

그렇게만 되면 쇼부코바가 지니고 있는 마라톤 여자 세계기록 2시간 18분을 깰 수 있다.

지금 티루네시가 해야 할 급선무는 하나다. 뒤로 처지면서 그룹에서 떨어져 나가 쇼부코바에게도 추월당할 때 상하게 되는 자존심을 이겨내는 것이다.

"태수, 위너로서 만나자."

티루네시는 그 말을 남기고 태수의 시야에서 사라졌다.

18㎞ 지점 조금 못 미친 곳에서 떨어져 나간 사람은 티루네시만이 아니다.

선두그룹 4명 중에서 2명이 헐떡거리면서 처지더니 태수그룹 뒤로 밀려났다.

물론 선두는 키트와라와 춤바다. 그리고 지금껏 나란히 달리고 있던 두 사람에게도 변화가 일어났다.

춤바가 앞서고 3m 뒤에 키트와라가 따르고 있다. 그러면서 춤바와 키트와라의 거리가 조금씩 더 벌어졌다.

춤바가 속도를 높였기 때문이 아니라 키트와라가 km당 2분 54초의 속도를 더 이상 감당하지 못하는 것이다.

태수는 오래지 않아서 춤바도 속도가 조금씩 떨어질 것이라고 예상했다.

기계가 아니고 인간인 이상 그럴 수밖에 없다. 뒤쫓는 태수 역시 마찬가지다.

다른 게 있다면 태수에겐 치밀한 계산이 가능한 두뇌와 남들과는 조금 다른 강훈련을 하여 다져진 체력, 그리고 가장 중요한 '여유'가 있다는 사실이다.

타타타탁탁탁탁탁—

태수의 귀에는 양쪽 도로가에서 열광적으로 응원을 하는 도쿄 시민들의 함성보다 태수그룹 선수들의 발걸음 소리가 더 크게 들렸다.

18km를 조금 지났을 때 오른쪽에서 나란히 달리던 베켈레가 태수를 불렀다.

"태수."

태수가 쳐다보자 베켈레는 언제나 그랬듯이 사람 좋은 미소를 지으며 흰 이를 드러냈다.

"우리 그룹 모두 13명이야."

태수로서도 궁금하게 여기던 것을 베켈레가 친절하게 설명해주었다.

베켈레는 시도 때도 없이 뒤돌아보니까 태수그룹의 상황에 대해서 훤하다.

그런데 태수와 같이 뛰고 있는 그룹이 13명이나 된다는 것은 조금 뜻밖이다.

첫 번째 반환점에서 3㎞나 ㎞당 2분 53~54초의 빠른 속도로 달렸는데 떨어져 나간 사람이 생각보다 많지 않은 것 같다.

"선두 태수, 나, 무타이, 그다음에 무사시노, 케베데, 키메토, 그리고 킵상, 키프로티치, 킵초게, 네게세, 데시사, 키루이, 맨 마지막이 쇼부코바야."

베켈레는 중계방송을 하듯이 뒤돌아보면서 달리며 일일이 설명을 해주었다.

베켈레가 말한 선수 중에서 에티오피아 국적의 렐리사 데시사는 작년 도쿄마라톤대회 우승자이며 2시간 6분의 기록을 갖고 있다.

렐리사 데시사는 2013년 2015년 보스턴마라톤대회 우승자이며 기록은 2시간 9분 17초로 저조하다.

하지만 세계6대메이저마라톤대회 중에서 가장 언덕이 많은 난코스로 악명 높은 보스턴마라톤대회에서의 기록이라는 점을 감안하면 전문가들은 데시사의 기록이 2시간 5~6분대라고 입을 모았다.

렐리사 데시사는 보스턴마라톤대회 피니시라인 부근의 폭탄테러사건이 일어났던 2013년 우승자였으며, 그때 그는 골인하자마자 '보스턴은 강하다(Strong Boston)'라고 외쳤는데 이 말은 이후 보스턴마라톤대회 테러의 아픔을 극복하자는 보스턴 시민들의 슬로건이 되었다.

다음 해부터 보스턴 시민들은 'Strong Boston'이라는 글이 적힌 피켓을 들고 주로 양쪽에서 선수들을 응원했다.

또한 렐리사 데시사는 에티오피아로 귀국한 후에 수도 아디스아바바에서 기자회견을 열어 보스턴마라톤대회 폭탄테러 희생자들을 기리기 위해서 2013년에 자신이 받은 우승 금메달을 보스턴시에 기증한다고 밝혔으며 실제 그렇게 했다. 데시사는 마라토너이면서 또한 진정한 휴머니스트다.

베켈레가 말한 13명 중에서 남자 선수로는 네게세와 데시사의 기록이 가장 저조하다.

그리고 나머지 9명은 태수와 키메토의 최고기록이 2시간 2분

대이며 다들 2시간 3분~4분의 기록을 지닌 세계 최정상급의
선수들이다.

"태수, 어떻게 할 거야?"

태수그룹의 선수들 이름을 나열하고 나서 베켈레가 태수를
쳐다보면서 조금도 지치지 않은 얼굴로 물었다.

태수는 베켈레의 속셈을 그제야 알아차렸다. 이 그룹의 대
장은 태수고 다들 태수를 보고 이 그룹에 모였으니까 이제 태
수가 어떤 결정을 내려야 할 때라고 말하는 것이다.

베켈레의 말을 달리 해석하면, '태수, 이대로 12명 다 이끌고
갈 거야? 진짜 선수들끼리만 가자고!'라는 뜻이다.

태수는 베켈레의 말에 그저 엷은 미소만 싱긋 지어 보이고
는 묵묵히 달리기만 했다.

베켈레의 말은 일리가 있다. 아마 얼마 전의 태수였으면 베
켈레가 그런 말을 하기도 전에 먼저 그렇게 시도했을 것이지
만 지금은 아니다.

예전에 태수가 낮게 날면서 가까운 곳만 보는 비둘기였다
면 지금은 높이 떠서 멀리까지 보는 독수리라고 할 수 있다.
그만큼 경험이 쌓이고 생각이 깊어졌다.

태수가 베켈레 말대로 하지 않는 것은 그럴 경우에 힘든 마
라톤을 하게 될 것이기 때문이다.

지금 속도를 높이면 사냥몰이가 무산된다. 그리고 베켈레

만 따라오는 것이 아니라 무타이와 키메토 등 최정상급 실력을 갖춘 선수들이 한 덩어리가 되어 줄기차게 따라올 것이다.

그러면 그들을 떼어내려고 태수는 더 빨리 달려야 할 것이고, 결국 떼어낸다고 하더라도 태수 자신은 극도로 지친 상태, 즉 오버페이스를 한 꼴이 되고 말 것이다.

또한 선두그룹인 키트와라와 춤바는 자기들을 추월하려는 줄 알고 미친 듯이 도망칠 테고, 태수가 그들을 추월하지 못했다면 오버페이스의 상태에서 막다른 상황에 처하게 될 것이 자명하다.

예전에는 그런 상황에 처하면 온갖 임기응변을 다 끌어다가 쓰면서 어떻게든 미친 듯이 돌파했었다.

하지만 이제 와서 돌이켜 생각해 보면 그건 형편없는 하책 중에서도 하책이었다.

운이 좋아서 우승을 하긴 했었지만 두 번 다시 처하고 싶지 않은 상황이다.

베켈레는 자꾸만 반응을 보려고 힐끗거리지만 태수는 앞만 보고 지금의 속도를 유지했다.

아프리카계 선수들은 대부분 영어에 능통하므로 어쩌면 베켈레가 하는 말을 무타이도 들었을 것이다. 무타이가 태수를 한 번 슬쩍 쳐다본 것이 그 증거다. 그렇지만 무타이는 별 반응 없이 묵묵히 달리기만 했다.

태수로선 앞으로 남은 거리에서 언젠가는 이들을 떨쳐 내야 하지만 지금은 아니다.

둥둥둥둥둥—
와아아아—
"닛뽄! 간바레!"
"무사시노 간바레!"
연도에 늘어선 도쿄 시민들은 일방적으로 무사시노를 열렬히 응원하고 있다. 너무 시끄러워서 귀가 떨어져 나갈 지경이다.

이 대회에 일본 선수들이 압도적으로 많이 출전했으나 대부분 2시간 10분대 전후다.

작년 2015년 대회에 일본 선수로는 6년 만에 이마이 마사토가 2시간 7분대에 진입하여 7위를 한 일이 일본 전역을 떠들썩하게 만들었었다.

그런 상황에 혜성같이 등장하여 뉴욕마라톤에서 2시간 5분 23초의 기록으로 4위를 한 무사시노는 침체일로를 걷고 있던 일본 마라톤의 구세주 같은 존재가 아닐 수 없다.

더구나 무사시노가 현 세계챔피언이며 마라톤 세계기록 보유자인 태수가 이끌고 있는 그룹에서 함께 달리고 있으므로 일본전국이 광분하고 있는 것은 당연하다.

지금 18.3㎞ 지점에서 선두그룹 키트와라와 춤바가 태수그
룹에 75m쯤 앞서가고 있다.

그렇지만 전문가 중에서 아무도 키트와라와 춤바가 우승할
것이라고는 전망하지 않는다.

작년 뉴욕마라톤대회에서 태수가 대회 신기록으로 우승한
후에 4위로 들어와서 극도로 지쳐 바닥에 쓰러진 무사시노에
게 손을 내밀었지만 무사시노는 그 손을 외면했다가 코치에
게 꾸중을 듣고서야 마지못해서 태수에게 다가가 축하인사를
했었다.

그 광경은 일본 NHK와 TV아사히를 통해 여과 없이 일본
전역에 생중계되어 1억 2,700만 일본인의 눈살을 찌푸리게 만
들었었다.

그렇지만 일본인들은 무사시노를 외면할 수도, 외면할 처지
도 아니다.

무사시노가 아무리 미운 짓을 해도 일본인이며 또한 일본
의 유일한 희망이기 때문이다.

18.8㎞ 전방에 긴 언덕이 나타났다. 시나가와에서 첫 번째
반환점을 돌고 히비야로 다시 돌아가는 길의 마지막 언덕이며
저 언덕을 넘으면 히비야가 시야에 들어온다.

태수그룹은 아직 평지를 달리고 있지만 선두 키트와라와

춤바는 언덕을 오르기 시작했다.

이때쯤 선두그룹과 태수그룹의 거리는 약 50m로 좁혀져 있었으며 선두그룹에도 약간의 변화가 생겼다.

선두그룹이 여태까지처럼 죽어라고 속도를 내서 도망가지 않고 있는 것이다.

처음에 270m였던 간격이 70m로 좁혀졌을 때부터 선두그룹은 속도를 줄였다.

아마도 더 이상 달아나는 것은 무의미하다고 판단하여 다른 작전을 구사할 모양이다.

태수의 짐작으로는 키트와라와 춤바가 태수그룹에 합류하여 달릴 가능성이 높다.

그렇다고 해서 태수는 선두그룹하고의 간격을 벌리기 위해서 지금보다 속도를 더 늦출 수는 없다.

현재 km당 2분 58초로 느려졌는데 여기에서 더 늦춰 버리면 이번 대회에서 자신의 세계기록을 경신해 보려는 태수의 목표가 무산되고 말 것이다.

이쯤 되면 태수가 더 이상 사냥몰이를 진행할 이유가 사라졌다고 할 수 있다. 계속해 봤자 시간만 늦어질 뿐이니 이런 식으로 갈 수는 없다.

언덕을 오르기 직전에 태수는 언뜻 어떤 생각 하나가 뇌리를 스쳤다.

여기에서 그가 슬쩍 속도를 늦추면 다른 선수들이 어떻게 반응할 것인지 한번 보고 싶어졌다.

그러면 여러 가지 상황이 발생하겠지만 당장 떠오르는 것은 간명하게 크게 두 가지다.

하나는 치고 나가는 선수가 있을 것이고, 또 하나는 속도를 늦춰서 태수와 호흡을 맞추는 선수도 있을 것이다.

태수는 아직 그 두 가지 상황에 대한 대비책을 생각하지 못했지만 선수들의 반응을 보면 어떻게 해야 할지 떠오를 거라고 생각했다.

타타타탁탁탁탁탁—

태수는 언덕이 시작하는 곳에서부터 갑자기 km당 3분으로 속도를 늦추었다.

그러자 다른 선수들이 평지를 달려오던 속도 그대로 언덕에 진입하면서 태수를 우르르 추월했다.

그러다가 태수와 나란히 달리거나 바로 뒤에서 달리고 있던 베켈레 등 몇 명이 일제히 태수를 돌아보았다.

태수는 아무 표정 없이 오히려 속도를 km당 3분 2초로 조금 더 늦추었다.

그 상황에서 뒤따르던 다른 선수들도 쇼부코바를 제외하고 모두 태수를 추월했다.

쇼부코바는 워낙 뒤처져 있는 상황이라서 태수를 추월하려면 아직 멀었다.

태수가 평지에서 2분 58초로 달리다가 4초 늦춘 것이라서 다른 선수들은 그저 언덕이기 때문에 느려지는 것이라고 생각할 수도 있는 상황이다.

하지만 베켈레와 무타이, 키메토, 무사시노는 그렇게 생각하지 않았다.

언덕이든 수직의 벽이든 그런 것 때문에 속도가 느려질 태수가 아니라는 사실을 잘 알고 있기 때문이다.

바로 그 상황에서 명암이 분명하게 드러났다. 태수와 후미의 쇼부코바를 제외한 11명 중에서 6명이 앞으로 치고 나갔으며 5명이 속도를 늦췄다.

베켈레와 무타이, 키메토, 케베데, 네게세가 속도를 늦추었으며, 다른 6명은 자꾸 뒤돌아보면서 망설이는 듯하면서도 곧장 언덕 위로 달려 올라갔다.

그런데 언덕으로 달려 오르는 6명 중에는 뜻밖에도 무사시노가 포함되어 있었다.

무사시노는 태수를 두 번이나 돌아보고서도 속도를 늦추지 않고 달리고 있다.

그의 그런 행동은 누가 보더라도 명백하게 승부수를 던진 것처럼 보였다.

처음부터 태수그룹 양쪽에서 취재 경쟁을 벌이던 대한민국과 일본을 비롯한 세계 각국 방송사들의 모터바이크들 움직임이 부산해졌다.

일본의 모터바이크는 6대나 되는데 무사시노를 집중적으로 촬영하고 있다.

오르막길은 난데없이 선수들의 치열한 각축장으로 돌변했다.

오히려 선두 키트와라와 춤바가 당황한 얼굴로 여러 차례 뒤돌아보더니 속도가 뚝 떨어졌고, 무사시노를 비롯한 6명이 오르막 꼭대기 조금 못 미친 곳에서 마침내 선두그룹을 추월해 버렸다.

"태수."

전방의 상황을 예의 주시하면서 달리고 있는 태수 왼쪽에서 갑자기 여자 목소리가 들렸다.

쇼부코바다.

후미에 처져 있던 그녀는 태수가 속도를 늦추는 바람에 그와 나란히 달리게 되었다.

쇼부코바는 몹시 지친 모습이다. 태수그룹을 19㎞까지 따라왔으니 당연한 결과다.

원래 아름다운 용모의 그녀는 오늘따라 매우 초췌한 모습이며 소금 알갱이가 달라붙은 얼굴을 묘하게 일그러뜨리면서 애처롭게 태수를 바라보았다.

"하악… 학학학… 태수… 정말 미안해요……."

태수는 호텔에서의 테러 때문에 쇼부코바가 줄곧 괴로워하고 있었다는 사실을 그녀의 표정과 말에서 느낄 수 있었다.

태수가 km당 3분 2초로 달리는데도 쇼부코바는 자꾸만 뒤처지면서 그와 나란히 달리려고 기를 썼다.

"학학학학… 태수… 제발… 날 용서해 줘요… 내가 태수를 방으로 부르지만 않았어도… 정말 미안해요……."

베켈레와 무타이, 케베데는 태수와 쇼부코바 양쪽에서 달리며 그녀의 말을 묵묵히 듣기만 했다.

태수는 쇼부코바가 용서를 빌기 위해서 무리하게 지금까지 따라왔다는 사실을 깨닫고 가슴이 뭉클해졌다.

태수는 빙그레 미소를 지었다.

"릴리아, 난 괜찮으니까 거기에 대해서는 더 이상 괴로워하지 말아요."

"정말이에요?"

"물론이에요."

"당신 경호원에게도 미안하다고 전해줘요."

"그럴게요."

"태수, 고마워요."

태수는 쇼부코바가 진심으로 기뻐하는 표정을 지으며 눈물을 글썽이는 것을 보았다.

그러고는 쇼부코바는 갑자기 뒤로 쭉 처졌다. 목적한 바를 이루었으므로 자신의 페이스로 돌아가는 것인데, 과연 그녀가 완주를 할 수 있을지 태수는 걱정이 됐다.

"굿잡!"

베켈레가 나란히 달리면서 태수에게 엄지손가락을 치켜세워 보였다.

쇼부코바의 사과를 태수가 받아들인 것에 대해서 베켈레가 상관하진 않을 것이다.

그렇다면 그는 태수가 속도를 늦춰서 태수그룹에서 6명을 앞세운 작전을 칭찬하는 것이다.

태수를 비롯한 총 7명의 선수가 언덕을 넘었을 때 새로운 상황이 전개되고 있었다.

20m 앞에 키트와라 혼자 달리고 있으며, 35m 전방에서는 선두의 무사시노가 무서운 속도로 내리막을 질주해 내려가고 있는 중이다.

태수가 봤을 때 무사시노의 속도는 km당 2분 45초 정도다. 내리막이라는 지형을 이용하여 혼자 단독 선두로 치고 나가려는 것 같았다.

오르막에서 태수를 추월했던 다른 선수들 킵상과 키프로티치, 킵초게, 데시사, 키루이는 무사시노에게 선두를 뺏기지 않으려고 언덕 아래를 향해 맹렬히 돌진했다.

그들 후미에는 춤바가 전력으로 달려 내려가고 있다. 조금 전까지만 해도 키트와라와 함께 선두그룹을 형성했었던 춤바는 무사시노 등에게 추월을 당하자 뒤로 처지는 대신 선두그룹에 속하려고 마지막 힘을 쥐어짜 내고 있다.

베켈레가 사냥감을 발견한 맹수처럼 눈을 빛냈다.

"태수, 몰자."

이런 상황에서는 그 어떤 마라토너라고 해도 뒤에서 거세게 몰아붙여 무사시노와 선두그룹을 더 빨리 달리게 하는 것이 마라톤의 정석이다.

타타타타타타탁—

순간 태수와 베켈레, 무타이 등은 말을 맞춘 것도 아닌데 일제히 언덕 아래로 질주를 시작했다. 이 순간의 태수그룹은 하나같이 맹수가 되었다.

키트와라가 잠깐 사이에 태수그룹에 파묻혔다가 뒤로 처졌다. 그는 마치 태풍에 휘말리는 가랑잎 같았다.

그리고 무사시노그룹에 속하려고 안간힘을 쓰며 바둥거리던 춤바도 잠시 후에 태수그룹에 파묻혔다가 낙동강 오리알처럼 뒤로 튕겨져서 내버려졌다.

언덕을 다 내려왔을 때 무사시노는 30m나 앞서 혼자 달려가고 있었다.

무사시노 전방 선도차 너머의 도쿄마라톤 주관 방송사인 TV아사히의 중계차뿐만 아니라 거의 모든 중계 모터바이크가 무사시노 주변으로 몰려들어 북새통을 이루고 있다.

와아아아—

"무사시노—! 가떼(이겨라)—!"

"간바레(힘내라)!! 무사시노!"

치요다구의 모든 시민들이 쏟아져 나왔는지 도로 양쪽 수만 명의 시민이 목이 터져라 무사시노를 응원했다.

태수 옆에서 달리고 있는 베켈레가 싱긋 미소 지었다.

"퍼펙트."

베켈레는 조금 전에 태수가 함께 보조를 맞춰준 것에 대해서 매우 흡족한 모양이다.

태수그룹 전방 오른편에 NTT커뮤니케이션즈 빌딩이 보이고 그 앞에 20㎞ 급수대가 마련되어 있는 게 보였다.

태수그룹과 선두그룹 후미와의 거리는 50m 정도다.

선두 후미에서 무사시노의 거리가 30m이니까 태수그룹과 무사시노의 거리는 80m라는 얘기다.

태수는 손목시계를 봤다.

58분 12초.

이 속도로 계속 간다면 피니시라인에 2시간 3분대에 골인하게 된다.

도쿄마라톤대회는 2014년 춤바가 2시간 5분 42초로 우승하며 대회 신기록을 수립했었다.

도쿄마라톤대회가 언덕이 많기는 하지만 가파른 언덕이 없어서 최정상급 선수가 달린다면 2시간 3~4분대 기록도 나올 수 있다고 전문가들은 내다보았다.

그렇지만 도쿄마라톤대회에는 최정상급 선수들이 별로 참가하지 않았었다. 도쿄마라톤대회가 세계6대메이져마라톤대회에 합류한지 얼마 안 되고 마라톤에서는 변방이라고 할 수 있기 때문이다.

태수 이전 세계기록 보유자 키메토는 도쿄마라톤대회에 참가한 적이 있었고 그때 기록이 2시간 6분대였는데 그 당시에는 키메토가 마라톤에 입문한 지 1년밖에 되지 않은 풋내기 시절이었다.

태수는 지금 추세로 달리면 2시간 3분대 골인은 무난할 거라고 예상했다.

그렇지만 그는 이 대회에서 자신의 기록 경신을 목표로 하고 있기 때문에 최소한 1분을 단축해야만 한다.

급수대에서 태수가 민영에게서 생수와 음료를 받을 때 옆에 선 심윤복 감독이 목에 핏대를 세우고 악을 썼다.

"태수야! 무사시노한테는 무조건 이겨라!"

태수가 물을 마시면서 주로로 합류하려고 달려갈 때 심윤복 감독의 고함 소리가 뒤에서 들렸다.

"태수야! 욕심 부리지 마라!"

심윤복 감독은 우승하는 것을 욕심이라고 생각하진 않을 것이다. 그렇다면 그는 태수가 자신의 세계기록 경신을 목표로 삼았다는 것을 눈치챘을지도 모른다.

히비야공원에서 긴자로 우회전하여 400m 더 가면 중간지점인 하프다.

무사시노가 이끄는 선두그룹과 태수그룹의 거리는 120m로 약간 벌어졌다.

태수가 구태여 속도를 높여서 따라잡으려 하지 않고 내버려두었기 때문이다.

21.0975㎞ 하프까지 1시간 2분 14초 걸렸다.

마라톤에서 하프까지가 전반이고 하프부터 피니시까지를 후반이라고 한다.

마라토너 중에서 전반보다 후반을 더 빨리 뛰는 선수는 매우 드물다.

늘 그렇게 뛴다는 것은 말도 안 되고 어쩌다가 그런 경우가 가뭄에 콩 나듯이 한두 번 있을 정도다.

세계 최정상급 선수인 키메토나 무타이, 베켈레, 케베데, 킵상 정도의 선수라고 하면 전반과 후반을 비슷한 시간대에 주파할 수 있을 것이다.

하지만 그들이라고 해도 후반이 더 빠를 수는 없다. 그건 섭리의 역행이다.

그렇게 전반과 같은 속도로 후반을 달렸을 때 전반이 1시간 2분 14초 걸렸으니까 +2를 하면 2시간 4분 28초가 소요된다는 계산이 나온다.

그 시간에만 골인한다고 해도 도쿄마라톤대회기록을 1분 경신하는 것이 된다.

하지만 그 범주에 들지 않는 매우 특별한 선수인 태수는 후반을 전반보다 조금 더 빨리 달릴 자신이 있다.

그러기 위해서 의도적으로 에너지를 비축해 두었기 때문이다. 하프를 지난 지금부터가 태수의 진짜 경기가 막을 올렸다고 할 수 있다.

이 대회를 뛰기 전까지는 몰랐었는데 태수는 이젠 거의 확신하게 되었다.

그의 적수는 자기 자신뿐이라는 사실을 말이다. 아무리 겸손하려고 해도 그건 주머니 속에 송곳을 넣은 것처럼 도저히 감출 수가 없다.

그러므로 자긴 그다지 실력이 없다고 겸손을 부리다가는

자칫 그게 죄악이 될 수도 있다.

태수는 묵묵히 달리고 있지만 머릿속으로는 치밀한 계산을 하고 있다.

선두그룹과 태수그룹이 긴자를 지나고 있을 때 하늘이 무너지고 땅이 꺼지는 것처럼 어마어마한 굉음이 들려서 귀가 먹먹해졌다.

거리를 가득 메운 굉장한 인파가 선두 무사시노를 열광적으로 응원하는 함성이다.

여기저기에서 마치 전쟁이 난 것처럼 큰 북을 마구 두드리고, 나팔을 불면서 '간바레!' 하고 내지르는 함성이 태수에겐 '카바레!'라는 소리로 들렸다.

그런데 그때 갑자기 시민들의 함성이 지금까지보다 더욱 커지기 시작했다.

그것은 열광적인 응원이 아니라 비명에 가까웠다. 마치 수만 명의 시민을 한꺼번에 벼랑 끝에서 불도저로 밀어버리는 듯한 함성, 아니, 아우성이다.

무사시노에게 무슨 일이 난 것처럼 절규 섞인 비명이 곳곳에서 터져 나왔다.

태수와 나란히 달리고 있는 베켈레가 전방에서 벌어지고 있는 상황을 보고는 어이없다는 듯 내뱉었다.

"뭐야, 저거?"

선두그룹에서 무사시노가 뒤로 처지고 있는 게 보였다.

그걸 보는 순간 태수는 쓴웃음을 지었다.

'저 자식 생쑈하고 있군?'

태수는 무사시노가 왜 그러는지 즉시 간파했다.

무사시노는 한눈에도 몹시 지친 것처럼 보였다. 태수가 봤을 때 그는 ㎞당 3분 3~4초 정도의 속도로 달리고 있다. 선두그룹이 2분 56초의 속도로 달리니까 무사시노가 뒤로 쭉쭉 처질 수밖에 없다.

선두로 잘 달리고 있던 무사시노가 느닷없이 뒤로 처지고 있는 저런 모습은 태수로 하여금 세 가지 상황을 상상하게 만들었다.

하나는 몹시 지친 것이고, 또 하나는 어딘가 몸에 고장이 났을 때고, 마지막 하나는 생쑈다. 즉 지금 뭔가 작전을 구사하고 있는 것이다. 태수는 무사시노가 세 번째 생쑈를 하고 있다고 판단했다.

도쿄 시민들이 절규를 하는 이유는 선두를 달리던 무사시노가 갑자기 뒤로 처지고 있기 때문이다.

오래지 않아서 무사시노는 태수그룹 바로 앞까지 뒤처졌다.

그러나 무사시노는 태수그룹에 섞이더니 갑자기 속도를 내서 태수그룹하고 같은 속도로 달리기 시작했다.

그제야 태수는 무사시노가 생쑈를 한 이유를 깨달았다. 원래 선두그룹이었던 키트와라와 춤바가 지치니까 새로운 사냥감을 만들기 위해서 싱싱한 선두그룹으로 교체시키려고 조금 전 히비야공원 직전의 언덕에서 무사시노가 빠른 속도로 치고 나갔던 것이다.

결국 무사시노는 태수그룹으로 다시 돌아왔고, 선두그룹은 싱싱한 5명 킵상, 키프로티치, 킵초게, 데시사, 키루이가 팔팔하게 이끌고 있다.

그들이 새로운 두 번째 사냥감이고 태수그룹의 사냥몰이는 계속되었다.

베켈레가 무사시노를 보며 벙긋 웃었다.

"Come back home!"

타타탁탁탁탁탁—

"후욱… 후욱… 후욱……."

"하앗… 하앗… 하앗… 하앗……."

태수그룹 7명은 다시 사냥몰이를 시작했다. 조금씩 숨이 가빠져서 숨소리가 거칠어졌지만 다들 아직 거뜬했다.

선두그룹은 긴자 한복판에서 직각으로 좌회전하여 니혼바시 방향으로 달려갔다.

선두그룹과 태수그룹은 100m의 거리였는데 선두그룹이 좌회전해서 시야에서 사라지자마자 갑자기 선두 베켈레와 무타이가 무서운 속도로 치고 나갔다.

탓탓탓탓탓탓—

물론 태수는 선두그룹이 좌회전을 하면 거리를 좁힐 생각으로 스퍼트를 했다. 그건 그가 뉴욕마라톤대회 때 써먹었던 여러 작전 중에 하나였다.

뒤따르는 무사시노와 키메토, 케베데도 예상하고 있었다는 듯 전혀 동요하지 않고 그림자처럼 따라붙었다.

순간 속도는 ㎞당 2분 45초.

그렇지만 네게세가 미처 따라붙지 못하고 뒤로 처졌다. 그는 안간힘을 썼으나 ㎞당 2분 50초를 넘기지 못하고 태수그룹에서 점점 떨어져 나갔다.

태수그룹이 좌회전을 하고 나면 속도를 줄이겠지만 네게세는 그 간격을 좁히지 못할 것이다.

태수그룹이 좌회전을 했을 때 선두그룹과의 거리는 70m로 좁혀졌으며, 네게세는 뒤로 25m나 처졌다.

거리를 100m에서 70m로 좁혔지만 태수그룹은 좌회전을 하고 나서 약속이나 한 듯이 원래의 ㎞당 2분 58초로 뚝 떨어뜨려서 달렸다.

베켈레와 키메토, 케베데, 무타이는 승부를 떠나서 지금 이 상황을 즐기고 있는 것 같은 표정이다.

이제 곧 선두그룹이 태수그룹과 거리가 가까워진 것을 알아차리고 다시 속도를 높일 것이다.

그러면 태수그룹은 못 이기는 체 졸졸 따라가면 되는 것이다. 사냥몰이라는 것, 참 쉬우면서도 사람을 빠져들게 하는 마력이 있다.

타타탁탁탁탁탁탁—

10명이 달리는 발걸음 소리가 한데 뒤섞여서 시끄럽다.

전혀 예상하지 못했던 일이 벌어졌다. 이렇게 될 거라곤 머리 좋은 태수도 예상하지 못했었다.

태수그룹은 최초의 좌회전 이후에 두 번 더 우회전 좌회전하면서 선두그룹을 몰아붙여서 재미를 톡톡하게 봤다.

하프에서 24㎞를 조금 지난 지점까지 약 3㎞를 8분 38초에 주파했다. 그것은 ㎞당 2분 53초의 빠른 속도다.

태수는 최소한 30㎞까지 선두그룹을 조종하면서 속도를 높이고 동시에 선두그룹과 태수그룹에 속한 선수들을 지치게 만든다는 두 마리 토끼를 잡는 작전을 사용하고 있다.

그러고는 30㎞에서 조금씩 속도를 높여서 전반보다 후반에 시간을 단축시킨다는 작전이다.

그런데 선두그룹이 반기를 들었다. 태수그룹의 작전을 눈치챘는지 아니면 힘들어서 더 이상 사냥감 노릇을 할 수 없게 된 것인지 점점 속도를 늦추더니 결국에는 태수그룹과 합류해 버리고 만 것이다.

그래서 현재 10명이 뒤섞여서 달리고 있는 상황이다.

그러다 보니까 자연히 태수가 선두가 되었다. 원래 태수 좌우에는 좌청룡·우백호처럼 베켈레와 무타이가 있었는데 지금은 킵상과 킵초게가 바짝 붙어서 달리고 있다. 베켈레와 무타이는 끼어들 틈이 없다.

"태수."

자기 자리를 뺏긴 베켈레는 달리면서 젖 달라는 아기처럼 자꾸 태수를 불렀다.

어떻게 해보라고 보채는 것이지만 태수는 꿈쩍도 하지 않았다. 태수가 베켈레의 보호자나 똘마니도 아닌데 그가 필요할 때마다 앞에 나설 수는 없는 일이다.

태수로서도 갑작스럽게 닥친 지금 상황을 어떻게 해야 할지 아직 작전이 서지 않았다.

더구나 선두그룹이 합류하고 나서는 갑자기 속도가 ㎞당 3분 2초로 다운되었다.

태수는 생각을 정리해 보았다.

지금 달리고 있는 이 길은 두 번째 반환점 아즈마바시까지 28.5㎞다. 거길 돌아서 다시 긴자로 돌아온다.

긴자에 오면 33.3㎞. 거기에서 피니시인 도쿄빅사이트까지

직행하게 된다.

지금은 소강상태다. 모두들 달려 나가려고 하지 않고 천천히 달리면서 휴식을 취하고 있다.

태수와 이들 9명은 목적이 다르다. 태수는 자신과의 싸움에서 이겨 자신의 세계기록을 경신하는 것이지만, 이들 9명은 무조건 우승을 목표로 하고 있다.

'작전이 같아서는 안 된다.'

당연한 건데 태수는 지금 그걸 깨달았다. 머리를 너무 쓰니까 지금처럼 당연한 걸 간과할 때가 있다.

그런데 태수가 속도를 높이면 이들도 무리지어서 옳다구나 따라올 게 뻔하다.

답답했다. 어떻게 해야 할지 모르는 상황에서도 계속 km당 3분 2초, 아니, 속도가 조금 더 떨어져서 3분 3~4초가 된 것 같은 기분이다.

태수 전방에 갑자기 도로가 좁아지면서 그 많던 도쿄 시민이 감쪽같이 사라졌다.

대한민국의 인사동 같은 일본 전통을 간직한 아사쿠사다. 이곳은 도로가 좁기 때문에 응원 인파를 금지시킨다는 말을 들은 적이 있다.

태수 전방에 경복궁 같은 옛날식 커다란 대문 하나가 나타났다. 태수 기억으로는 아사쿠사의 상징인 가미나리몬이라고 하는 것 같다.

아카몬을 왼쪽에 두고 우회전을 하면서 태수는 문득 어디선가 노랫소리가 들려오는 것을 느꼈다.

아련하게 흐르는 것은 그리스 민속 악기인 부주키가 빚어내는 애잔한 선율이다.

'아그네스 발차(Agnes Baltsa)……'

도쿄 시민의 일방적인 열렬한 함성이 사라진 이곳 아사쿠사 거리에 그리스의 메조소프라노 아그네스 발차의 명곡 '기차는 8시에 떠나네' 분명 그 노랫가락이 흐르고 있다.

태수가 무척 즐겨듣던 노래다. 나치에 저항하는 젊은 레지스탕스 애인이 살아서 돌아오기를 간절히 기원하며 기다리는 여인의 애타는 심정이 가득 묻어 있는 노래다.

어디선가 갑자기 들려온 아그네스 발차의 '기차는 8시에 떠나네'를 들으면서 태수는 작전을, 아니, 결정을 내렸다.

'그냥 내가 갈 길을 가자.'

그는 조금 속도를 높여서 달려 나갔다.

타타타타타탁탁탁탁—

카테리니행 기차는 8시에 떠나가네
11월은 영원히 내게 기억 속에 남으리…

태수는 이 노래를 들으면서 언제나 혜원을 생각했었다. 그리고 지금도 이 노래를 들으니까 혜원이 생각났다.

노래의 내용은 남자가 레지스탕스가 되어 떠난 후에 다시는 돌아오지 않는다는 것이지만, 태수에겐 혜원이 영원히 돌아오지 않을 것 같은 조바심을 안겨주었다.

어쩌면 태수가 이 노래를 즐겨듣게 된 이유가 현재의 그와 혜원의 관계를 미리 예언했기 때문인 것은 아닐까 하는 생각이 문득 들었다.

타타타타타탁탁탁탁탁―

태수가 km당 2분 56초의 속도로 달리기 시작하자 기다렸다는 듯이 9명이 우르르 떼 지어 뒤를 따랐다.

태수의 속도가 조금씩 점점 빨라져서 현재는 km당 2분 54초가 되었다.

스타트해서 하프까지 1시간 2분 14초가 걸렸으니까 태수가 자신의 기록 2시간 2분 45초를 깨려면 하프에서 피니시까지 무조건 1시간 안에 뛰어야만 한다.

그러려면 km당 2분 51초의 평균속도로 줄곧 달려야 된다.

말이 쉬워서 km당 2분 51초지 그건 100m를 17초에 뛰는 빠른 속도다. 그 속도로 21.0975를 달려야 하는 것이다.

태수가 현재 달리는 속도는 km당 2분 54초지만 그것보다 더 빨라져야만 한다.

선두그룹이 10명이 되어 km당 3분 2~4초로 느리게 달리면서 까먹은 시간을 벌려면 최소한 2분 48초까지 속도를 높여야만 한다.

계속 태수를 부르면서 보채던 베켈레도 침묵을 지키면서 부지런히 태수 왼쪽에서 달리고 있다.

타타타타타탁탁탁탁—

"후웃… 후웃… 하앗… 하앗……."

조금 전까지만 해도 한 덩어리로 뭉쳤던 그룹이 타원형이 되더니 마침내 길쭉하게 일자가 되었다.

두 번째 반환점 아즈마바시를 돌았다.

태수의 속도는 km당 2분 50초까지 올라갔다.

타타타타타타타—

"후우우… 훗훗! 하아아… 핫핫!"

티루네시의 복식호흡을 태수가 다시 자신의 것으로 다듬은 이른바 '4박자 호흡'을 하면서 질주했다.

아즈마바시에서 왔던 길을 되돌아 긴자까지 6km를 달려서 가부키좌와 츠키지를 지나면 35km다.

선두 태수 뒤 10m에 키메토와 무타이가 나란히 따라오고, 그 뒤에 베켈레, 케베데, 무사시노의 순서다.

킵상과 키프로티치, 킵초게 등은 무사시노 뒤 30m 이상 처져서 달려오고 있다.

태수는 다른 선수들은 전혀 의식하지 않았다. 그렇기에 그는 주로에 자신 혼자 달리고 있다는 생각이 들었다.

'나를 뛰어넘어야 한다!'

자기 자신이 싸워서 이겨야 할 적은 아니지만, 극복해야 할 벽이라고 생각했다.

타타타타탓탓탓탓탓—

태수의 속도가 조금 더 빨라져서 ㎞당 2분 48초가 되었으며, 그의 윈마주법은 더 이상 완벽할 수 없는 자세와 스피드를 구사하면서 아스팔트를 차고 나갔다.

29㎞ 팻말을 지날 때 시간이 1시간 25분 22초.

하프에서 지금 29㎞까지 약 8㎞를 23분 08초 걸렸다는 것이며, ㎞당 2분 54초의 속도였다.

그렇다면 앞으로 남은 13.195㎞를 36분 안에 뛰어야 한다는 거다.

그러려면 지금 속도인 ㎞당 2분 48초를 줄곧 유지해야 한다. 아니, 안심하려면 그보다는 조금 더 속도를 높여야만 할 것이다.

태수 뒤 10m에서 키메토와 무타이는 흔들림 없이 꾸준히 따라오고 있다.

그 뒤에 베켈레와 무사시노. 케베데가 일렬로 달리고 있으며 케베데가 조금 뒤로 처져 있다.

지금 태수가 달리는 속도인 km당 2분 48초는 풀코스를 스타트부터 피니시까지 달렸을 경우 1시간 58분에 골인할 수 있는 놀라운 속도다.

태수는 하프까지 충분히 체력을 비축했기 때문에 후반에 이런 속도로 달리는 게 가능하다.

지금부터는 달리 작전이라고 할 게 없다. 체력이 다할 때까지 조금씩 빠르게 피니시까지 달리는 것뿐이다.

앞으로 남은 거리는 13km 남짓이지만 치밀하게 계산을 해야만 한다.

무턱대고 점점 빠르게 달렸다가는 후반에 체력이 고갈되어 낭패를 당할 수도 있다.

그런 상황이 되면 태수 자신의 세계기록을 경신하는 것은 고사하고 우승을 놓치는 경우가 발생할지도 모른다.

'이것은 스퍼트가 아니라 이븐 페이스다.'

탓탓탓탓탓탓탓탓—

"후우우… 훅훅… 하아아… 학학……."

태수는 스스로 끊임없이 마인드 컨트롤을 하면서 조금 더 속도를 높였다. 그는 km당 2분 45~46초를 이븐 페이스로 삼으려고 노력했다.

그래야지만 조금쯤 계산이 틀리거나 체력이 다운돼도 평균 속도 2분 47~48초로 갈 수 있기 때문이다.

선두 태수하고 10m 거리였던 키메토와 무타이가 잠시 후에는 13m로 멀어졌다. 두 사람은 케냐어인 스와힐리어로 뭐라고 몇 마디 주고받았다.

두 사람은 친구, 아니, 엄밀히 말하면 사제지간이다. 무타이가 농부였던 키메토의 가능성을 보고 그에게 마라톤에 입문할 것을 권유했으며, 이후 마라톤에 대한 많은 것을 가르쳤고 이끌어 오늘날의 키메토를 만들었다.

키메토와 무타이는 이런 식으로는 도저히 태수를 따라잡을 수 없다는 생각을 했다.

그래서 두 사람은 잠시 동안 심각하게 의논한 끝에 한 가지 결정을 내렸다.

키메토가 태수를 추격하고 무타이가 뒤를 받쳐 주는 것이다. 키메토와 무타이의 실력은 비슷하지만 키메토가 근소한 차이로 앞선다.

그리고 오늘 컨디션은 키메토가 조금 낫다. 그래서 저격수로 나서는 것이다.

그렇게 해서 키메토가 태수를 잡으면 다행이지만 만약 추월하지 못한다고 해도 2위로 골인하고 무타이가 3위를 한다는 작전이다.

현 세계챔피언 윈드 마스터 태수와 함께 뛰어서 2위와 3위를 하면 행운이라고 할 수 있을 것이다.

착착착착착착착—

키메토가 아프리카계 선수 특유의 주법인 프론트풋 착지로 속도를 높여 앞으로 달려 나갔다. 지금까지 km당 2분 49~50초였는데 2분 46초로 올렸다.

그러나 태수가 km당 2분 45~46초로 달리고 있기 때문에 키메토는 그와의 거리를 좁히지 못했다.

아니, 오히려 태수와의 거리가 조금씩 더 벌어졌다. 태수는 km당 2분 45초로 정확하게 달리고 있는데 비해서 키메토는 2분 48초로 달리고 있기 때문이다. 키메토의 생체시계가 잘못된 것이다.

그걸 알면서도 키메토는 속도를 더 올리지 못했다. 여기까지가 그의 한계다.

타타타타탁탁탁탁탁—

긴자로 돌아가는 길. 도로의 중앙선 왼쪽으로는 태수 혼자 달리고 있으며, 중앙선 오른쪽으로는 수십 명의 선수가 길게 늘어져서 태수가 지나왔던 두 번째 반환점을 향해서 달리고 있다.

태수 앞 15m 거리에는 선도차가, 그리고 그 앞쪽에는 도쿄마라톤 주관 방송사인 TV아사히의 2대의 중계방송차가 달리면서 태수를 촬영하고 있다.

그뿐 아니라 태수 양쪽에는 중계방송 모터바이크 10여 대가 바삐 오가면서 취재 경쟁을 벌이는 중이다.

30km 조금 못 미친 지점에서 선도차의 시계는 1시간 28분 07초를 나타내고 있다. 29km에서 30km까지 1km를 2분 45초에 달렸다.

이런 식으로 km당 2분 45초 이븐 페이스를 피니시까지 유지할 수 있다면 2시간 2분 45초 이내 새로운 월드레코드 기록 경신이 가능하다.

태수가 달리고 있는 오른쪽 중앙선 너머 수십 명의 마라토너가 태수를 쳐다보고 있으며 대부분 부러움과 감탄의 표정을 짓고 있다.

왜 그러지 않겠는가. 자신들보다 최소한 2.5km 이상이나 앞선 30km 지점을 1시간 28분이라는 놀라운 기록으로 달리고 있는 선두주자를 부러워하는 것은 당연하다.

"태수!"

그때 태수는 오른쪽에서 누군가 자신을 부르는 소리를 듣고 고개를 돌렸다.

도로 중앙을 달리던 쇼부코바가 태수를 발견하고 중앙선 쪽으로 비스듬히 가까이 달려오면서 그를 바라보며 환한 미소를 짓고 있는 게 보였다.

쇼부코바 앞에 선도차와 중계방송차가 이끌고 있는 것으로 미루어 그녀는 여자 선두가 분명하다.

쇼부코바가 미소를 지으며 태수 쪽으로 비스듬히 달려오고 있으며, 태수는 그녀를 쳐다보며 빙그레 엷은 미소를 짓고 있는 장면을 남자 선두와 여자 선두를 촬영하던 수많은 모터바이크에서 분주하게 찍어댔다.

두 사람이 서로 스쳐 지나기 직전, 서로 손만 뻗으면 닿을 수 있는 거리가 됐을 때 쇼부코바가 입술을 모아 쫑긋하고 내밀었다. 입맞춤을 보내는 것이다.

타타탁탁탁탁—

두 사람은 찰나의 순간에 서로를 지나쳐 멀어져 갔다.

태수는 쇼부코바를 지나치자마자 맞은편 도로에서 티루네시와 신나라, 마레를 찾아보았다.

"태수!"

그때 힘차게 달려오고 있는 티루네시가 태수를 먼저 발견하고 반갑게 외쳤다.

그녀는 두 번째 반환점을 돌고 오는 태수를 만나려고 줄곧 중앙선 쪽으로 달리고 있었다.

태수의 머리가 빠르게 굴렀다. 현재 티루네시는 태수보다 약 2.5km 뒤처져 있으니까 27.5km 지점이다.

거기까지 1시간 28분이 걸렸으니까 km당 평균 3분 16초의 속도로 달렸다.

그리고 그 속도로 피니시까지 갈 경우 2시간 18분대에 골인하게 될 것이다.

쇼부코바하고 티루네시의 간격이 40m 이상이니까 이대로 갈 경우 어쩌면 쇼부코바가 자신의 최고기록인 2시간 18분 20초를 경신할지도 모른다. 그 기록은 현재 세계 2위의 기록이다.

태수가 달려오고 있는 티루네시를 봤을 때 그다지 지친 것 같지는 않았다.

반면에 조금 전에 본 쇼부코바는 티루네시보다는 조금 더 지쳐보였다.

아마도 쇼부코바가 사과를 하기 위해서 19km까지 태수를 따라왔었기 때문일 것이다.

태수는 10m 앞으로 다가온 티루네시에게 소리쳤다.

"티루네시! 3분 14초로 가!"

서로 마주 보고 달리기 때문에 10m는 순식간에 좁혀져서 티루네시가 뭐라고 말할 새도 없이 지나쳐 버렸다.

태수는 티루네시가 자신의 말을 들었는지 못 들었는지 궁금했다. 바로 그때 등 뒤에서 티루네시의 외침이 들렸다.

"God bless you(신의 은총이 있기를)!"

태수는 여자 3위가 신나라 아니면 마레일 거라고 짐작했다. 그만큼 그녀들의 기록과 컨디션이 좋기 때문이다.

그런데 티루네시가 스쳐 지나고 나서 약 20초쯤 지났을 때 달려오고 있는 여자 선수는 신나라도 마레도 아닌 전혀 다른 동양 여자였다.

키는 150㎝ 정도로 매우 작고 깡마른 체구인데 놀랍게도 매우 빠른 속도로 달리고 있다.

태수의 시선이 동양 선수의 가슴에 붙은 배번호를 향했다.

'3 Noguchi'라고 적혀 있다.

'노구치 미즈키!'

태수는 정말 깜짝 놀랐다. 노구치 미즈키가 누군가? 2004년 아테네올림픽 마라톤 여자 우승자이며, 2005년 베를린마라톤 대회에서 2시간 19분 12초로 아시아 신기록을 수립하면서 우승했던 일본 마라톤계의 큰 별이다.

그런데 설마 37살의 노구치 미즈키가 이번 도쿄마라톤대회에 참가했을 줄은 전혀 예상하지 못했다.

일본도 여자 선수가 없어서 어지간히 급했나 보다. 아니, 그게 아니다. 쇼부코바는 노구치보다 한 살 더 많은 38세이므로 노구치를 노장이라고 할 순 없다.

더구나 지금 그녀는 여자 3위로 달리고 있지 않은가. 배번

호가 '3번'인 것은 이번 대회에 그녀의 기록이 세 번째라는 뜻
이다. 참고로 티루네시는 배번호 4번이다.

그렇다면 기록 2위는 누구인가? 태수는 이번 대회에 참가
한 여자 선수들의 자료를 살펴보지 않은 것을 후회했다.

노구치 미즈키는 태수하고 눈이 마주치자 싱긋 싱그럽게
미소를 지어 보이고는 쌩! 하고 빠르게 지나쳤다.

그 뒤 20m 거리에서 달려오고 있는 여자 선수는 아프리카
계다. 태수는 그녀의 가슴 배번호에 '2 Kiplagat'이라고 적힌
것을 발견했다.

'플로렌스 키플라갓!'

2011년. 2013년 베를린마라톤대회 여자 우승자이며 2시간
19분 43초의 기록을 갖고 있다. 또한 작년 2015년 바르셀로나
하프마라톤에서 1시간 5분 09초로 세계기록을 경신한 여자
마라톤 세계최정상급 선수다.

1위 쇼부코바에 이어서 2위 티루네시, 3위 노구치 미즈키, 4위
플로렌스 키플라갓에 이어서 비로소 신나라와 마레가 나란히
달려오는 모습을 드러냈다.

설명은 길지만 1위 쇼부코바로부터 5, 6위 신나라와 마레까
지의 거리는 길어야 250m 정도다.

더구나 피니시까지 아직 14㎞나 남아 있는 상황이니까 가
능성은 충분하다.

"오빠!"

"옵파!"

신나라와 마레는 태수를 발견하고 마치 지옥에서 조상을 만난 것처럼 기뻐서 소리쳤다.

"3분 10초로 가라!"

"네! 오빠!"

신나라는 달려오면서 환한 표정을 지었다. 신나라와 마레는 숨 한 번 내쉬는 사이에 태수를 스쳐 지나갔다.

티루네시에겐 ㎞당 3분 14초로 달리라고 하고 신나라와 마레에겐 3분 10초로 뛰라고 한 것은 이유가 있다. 신나라와 마레는 티루네시에 비해서 모든 면에서 열세지만 단 하나 팔팔한 젊음이 있다. 그래서 지구력이 좋다.

신나라와 마레가 ㎞당 3분 10초로 달리려고 마음을 먹는다면 아무리 못 달린다고 해도 평균속도 3분 12~14초는 나올 것이다.

뜨끔!

"웃!"

달리던 태수는 오른쪽 허벅지 뒤쪽 햄스트링이 갑자기 송곳으로 쿡 찌른 것 같은 아픔을 느끼고 자신도 모르게 입에서 비명이 터져 나왔다.

제일 먼저 떠오른 생각은 근육 파열이다. 일전에 타라스포츠 육상팀 소속의 선수 하나가 햄스트링근육 파열이라는 진단을 받은 적이 있었다.

그때 태수도 초음파 사진을 봤는데 근육이 파열된 부위가 마치 쇠고기의 마블링처럼 희게 변해 있었다.

그때 그 선수는 4주 동안 운동을 쉬고 병원 치료를 받았으며 걷는 것조차도 힘들어했었던 기억이 난다.

태수는 절망적인 심정이 되었다. 방금 전에 허벅지 뒤쪽이 뜨끔한 것은 아무리 생각해 봐도 햄스트링근육 파열이 분명하다는 생각이다.

정말 그렇다면 여기에서 더 달릴 수 없다. 햄스트링근육 파열은 지독한 고통이 수반되므로 참고 달린다는 자체가 말이 안 된다.

설혹 그렇게 달린다고 해도 속도가 나지 않으므로 기록 경신은 고사하고 우승조차도 불가능하다.

'하필 이럴 때……'

모든 게 다 좋아서 이대로라면 세계기록 경신도 바라볼 수 있을 텐데 햄스트링근육 파열이 태수를 한순간에 절망의 벼랑 아래로 떨어뜨렸다.

마침 전방 20m 지점에 30㎞ 급수대가 있어서 태수는 그곳으로 방향을 틀었다.

급수대 첫 번째 1번 스페셜 테이블에는 심윤복 감독과 민영이 타라스포츠 직원들과 함께 서서 태수를 기다리고 있었다.

급수대까지 짧은 거리를 뛰어가던 태수는 오른쪽 햄스트링 뒤쪽 살갗이 화끈거릴 뿐이지 근육은 전혀 아프지 않다는 사실을 깨달았다.

순간적으로 그는 급수대에서 잠시 멈춰서 햄스트링의 이상 유무를 살펴볼 것인지 아니면 그냥 음료만 받아서 달릴 것인지 갈등을 했다.

"태수야! 잘하고 있다!"

"오빠! 최고야! 사랑해!"

그런데 생수와 음료를 건네주면서 흥분한 얼굴로 응원하는 심윤복 감독과 민영을 보니 햄스트링을 살펴봐야겠다는 생각이 씻은 듯이 사라졌다.

탁!

태수는 양손에 생수와 음료를 쥐고 다시 주로로 복귀하면서 온 신경은 오른쪽 햄스트링에 쏠렸다.

그렇지만 마치 벌에 쏘이거나 회초리로 찰싹하고 한 대 맞은 것처럼 화끈거리기만 할 뿐이지 달리는 데는 조금도 지장이 없는 것 같았다. 만약 근육 파열이라면 걸음을 떼는 것조차 고통스러울 것이다.

슥—

뛰면서 오른손을 뒤로 뻗어 허벅지를 쓰다듬었더니 마치 모기에 물린 것처럼 콩알 크기의 단단한 돌기가 만져졌다. 부어오른 것이다.

'벌에 쏘였나?'

그래서 그런 생각이 들었다. 햄스트링근육 파열이라면 근육 깊은 곳에서의 상처라서 살갗에 돌기 같은 것이 튀어나올 리가 없다.

그리고 뛰는 데는 전혀 지장이 없으며 살갗이 따갑고 화끈거리는 느낌은 벌에 쏘였을 때하고 똑같았다.

어쨌든 태수는 안도의 한숨을 내쉬었다. 만약 햄스트링근육 파열이었다면 지난겨울 동안 도쿄마라톤대회를 위해서 준비해 온 모든 것이 물거품이 돼버리고 말았을 것이다.

그나저나 마라톤대회에서 달리는 도중에 벌에 쏘이기는 처음이다. 이건 해외토픽감이다.

착착착착착착—

2위 키메토와 선두 태수와의 거리가 50m로 벌어졌다.

그쯤 되자 키메토는 태수를 잡는 것을 단념하는 대신 2위를 굳히기로 마음먹었다.

키메토는 자신의 스승이자 친구인 무타이가 잘 따라오고

있는지 슬쩍 뒤돌아보다가 깜짝 놀랐다.

무타이 5m쯤 뒤에서 무사시노가 바짝 따라붙은 것을 발견 했기 때문이다.

"무타이!"

크게 놀란 키메토는 다시 한 번 돌아보면서 뒤를 가리키며 소리쳤다.

무타이는 힐끗 뒤돌아보더니 꽁지까지 따라붙은 무사시노 를 발견하고는 깜짝 놀라며 갑자기 속도를 높여서 달리기 시 작했다.

키메토와 무타이는 29km부터 km당 2분 48초 이상의 속도로 달리고 있었다.

지금 상황에 그 속도는 명백한 오버페이스다. 그랬기에 4위 권의 베켈레와 케베데, 무사시노하고는 격차를 많이 벌렸을 것이라고 짐작했었기 때문에 무사시노를 보고 더욱 놀란 것 이다.

그걸 보고 무사시노는 회심의 미소를 지었다.

'그렇지. 그렇게 빨리 달리는 거다. 깜둥이놈들아.'

사실 베켈레, 케베데와 함께 뒤처져서 달리고 있던 무사시 노는 조금 전에 키메토와 무타이가 스퍼트하는 걸 보고 곧바 로 스퍼트했었다.

갑자기 무사시노가 치고 나가니까 안 되겠다 싶었는지 베켈레와 케베데도 부리나케 뒤쫓았으며, 그 뒤쪽의 킵상과 킵초게, 기프로티치도 덩달아서 맹렬하게 뒤따랐다.

하프 이후에 다들 스퍼트를 하고 있는 중이라서 매우 지친 상황인데 무사시노 때문에 더욱 속도를 내지 않을 수 없게 되었다.

이렇게 달리다가는 35㎞ 이후에는 다들 아예 바닥에 드러눕게 되는 건 아닌지 모를 일이다.

어쨌든 무사시노의 갑작스런 스퍼트가 4위권과 5위권을 한바탕 흔들어놓더니 이번에는 키메토와 무타이 2, 3위권까지 줄행랑을 치게 만들고 있는 것이다.

쏜살같이 달려가는 키메토와 무타이의 뒷모습을 보면서 무사시노의 미소가 조금 더 짙어졌다.

'한국인 새끼, 이번에는 내가 사냥몰이를 해주마.'

마라톤이 예상했던 대로만 진행되지 않는다는 사실을 태수는 또 한 번 깨달았다.

33㎞ 지점에 이르렀을 때 시간은 1시간 34분 00초를 가리키고 있었다.

29㎞에서 33㎞까지 8분 38초가 걸렸으며 ㎞당 2분 46초의 속도로 달렸다. 어마어마한 속도다. 마치 10,000m를 뛰는 것처럼 달려온 것이다.

계획했던 대로 잘 달리고 있다. 그런데 문제는 예상하지 않았던 곳에서 생겼다.

최소한 200m 이상 충분한 간격을 벌려놓았을 거라고 생각했던 2위 키메토가 어이없게도 태수 20m 뒤에서 따라오고 있는 모습을 발견한 것이다.

그뿐만이 아니다. 키메토 뒤에는 무타이가, 그리고 그 뒤에는 무사시노와 베켈레, 케베데, 그 뒤에 킵상 등이 우르르 달려오고 있는데 서로의 거리가 짧게는 10m 길어야 20m를 넘지 않았다.

다시 말해서 선두 태수에게서 후미 킵초게까지 9명의 총 거리가 150m가 채 되지 않았다.

여간해서는 뒤를 잘 돌아보지 않는 태수지만 이번에는 너무 어이가 없어서 다시 한 번 돌아보았다.

그런데 두 번째 뒤돌아볼 때 우연인지 35m쯤 뒤에서 달려오고 있는 무사시노를 보게 되었는데, 눈이 마주쳤는지 어떤지는 모르겠지만 무사시노가 묘하게 비틀어진 미소를 짓고 있는 모습은 똑똑히 봤다.

무사시노의 미소를 보는 순간 태수는 독사가 끝이 갈라진 혓바닥을 날름거리는 걸 본 것처럼 소름이 오싹 끼쳤다.

그리고 무사시노가 사냥몰이를 하고 있다는 사실을 깨달았다. 무사시노의 사냥감은 키메토와 무타이다.

그 둘을 몰아서 태수를 압박하고, 아프리카의 누우 떼들처럼 베켈레와 케베데, 킵초게, 키프로티치 등이 선두를 우르르 따라오고 있다.

사실 태수는 이번 대회에서도 무사시노를 전혀 라이벌이라고 생각하지 않고 있었다.

무사시노가 키메토나 무타이, 베켈레, 킵상 등 세계 최정상급 선수들보다는 한 수 아래라고 나름대로 평가를 했기 때문이다.

그러나 지금 같은 상황에 처한 태수는 위기의식을 느끼기보다는 자신이 사냥감이 되어 쫓기고 있다는 사실에 기분이 상했다.

태수는 당황하지 않으려고 감정을 억눌렀다. 지금 같은 상황에서 선두를 달리고 있는 선수라면 열이면 열 다 당황하겠지만 그는 당황하기보다는 냉철하게 사태를 분석, 대처하려고 애썼다.

현재 ㎞당 2분 46초의 속도로 달리고 있는 태수를 사냥몰이하려면 뒤쫓는 선수들은 최소한 그보다 빨라야만 한다.

더구나 태수와 2위 키메토하고의 200m 거리를 20m로 좁히려면 ㎞당 2분 42초 이상의 속도여야만 가능하다.

과연 키메토와 무타이, 무사시노 등은 ㎞당 2분 42초의 빠른 속도로 얼마나 지속적으로 달릴 수 있을까, 라는 것이 문제의 핵심이다.

체력과 훈련량, 컨디션 등의 복합적인 상태에 따라서 다르겠지만 33㎞ 이상을 달려온 현재 무사시노를 비롯한 추격자들은 ㎞당 2분 42초의 속도로 3분, 아니, 아주 넉넉하게 잡아서 4~5분 이상은 달리지 못할 것이다.

뉴욕마라톤대회가 끝난 이후 로드 바이크로 국토종단을 하고, 거의 매일 수영장에서 10㎞ 이상 쉬지 않고 수영을 했으며, 이후에는 죽령고개에서 하루 100㎞씩 언덕달리기 등 강훈련을 마친 태수의 심폐 기능과 폐활량, 햄스트링과 허리, 온몸의 근육은 사이보그라고 해도 좋을 만큼 단단하게 단련된 상태였다.

체력으로, 그리고 컨디션으로 자신을 능가할 선수는 아무도 없다는 것이 태수의 자신감이다.

'해보자는 거냐?'

라이벌은 자신밖에 없다고 생각하는 태수의 자존심이 약간 상처를 입었다.

'건방진 자식.'

태수는 두 다리에 불끈 힘을 주고 더욱 거세게 아스팔트를 박차고 나갔다.

아니, 박차고 나가려다가 멈칫했다.

'그게 아니다.'

지금 상황에서는 무사시노가 맹수고 태수는 사냥감이다. 그러므로 그가 부리나케 도망치는 것은 맹수가 바라고 있는 대로 따르는 것이다.

　'역으로 하자! 역사냥몰이다!'

　역사냥몰이. 그렇다고 몸을 돌려서 거꾸로 뛰면서 무사시노를 몰자는 게 아니다.

　쫓기는 척해주는 거다. 그것도 쫓기면서 매우 힘들어하고, 그러다가 체력이 달리는 모습을 보여주면 사냥꾼은 사냥감을 다 잡았다고 쾌재를 부를 것이다.

　태수는 속도를 높이려다가 그냥 현재의 속도 ㎞당 2분 46초를 유지했다.

　33㎞를 지났으니까 이제부터는 러너스 하이와 마의 벽이 태수를 비롯한 모두에게 찾아들 시간이다.

　그러므로 지금 오버페이스를 하면 러너스 하이를 거치고 나서 마의 벽 상황에서 기진맥진하고 말 것이다.

　타타타타타탁탁탁탁—

　"후우우우… 훗훗! 하아아아… 핫핫!"

　태수는 4박자 호흡을 조금 더 깊게 하면서 현재 속도를 유지하며 달렸다.

　'무사시노는 키메토와 무타이를 앞세워서 나를 추월한 후에 다시 키메토와 무타이를 추월하여 단독 선두로 나서려는 계획

일 거다.'

그때쯤 되면 35km가 넘을 것이다. 마라톤에서 35km쯤에서 선두로 나서면, 그리고 2위와의 거리가 100m 이상이면 우승을 굳힌다는 것이 정설이다.

선두가 무사시노로 바뀌었다.

그 때문에 두 번째 반환점을 돌아서 다시 달려온 긴자거리는 열광의 도가니다.

일본 국민들이 모두 다 쏟아져 나왔는지 엄청난 인파가 무사시노의 이름을 연호하고 닛뽄 반자이, 간바레를 외치면서 마치 무사시노가 우승이라도 한 것처럼 길길이 날뛰었다.

타타타탁탁탁탁탁탁—

선두 무사시노가 긴자에서 츠키지 쪽으로 달려가고 있으며, 그 뒤 20m에 키메토, 5m 뒤에 무타이, 그리고 15m 후미에 태수가 달리고 있다.

선도차를 비롯하여 거의 모든 중계차량이 모조리 무사시노에게 집중되어 있는 상황이다.

단지 4대의 모터바이크가 태수 양쪽에서 찍고 있는데 대한민국의 KBS, MBC, 그리고 영국의 BBC, 미국의 ESPN이다. 그들은 아직 승부가 끝나지 않았다고 여기는 모양인데, 아마도 그들에게 조만간 특종의 영광이 따를 터이다.

타타탁탁탁탁탁—

"헉헉헉헉헉헉……."

마침내 선두 무사시노가 츠키지에서 직각 좌회전을 하여 츠쿠다오오하시 방향으로 틀었다.

이제 종반으로 치닫고 있다. 스미다강 위에 걸쳐져 있는 츠쿠다오오하시를 건너고 도요스를 지나면 40km 지점이다.

도쿄의 명물 중 하나인 츠쿠다오오하시는 다리의 특성상 완만한 오르막이 길게 이어져 있으며, 태수는 거길 승부처로 삼았다.

태수는 40m 전방에서 무사시노가 좌회전하면서 슬쩍 뒤돌아보는 모습을 보았다.

무사시노는 불과 20m, 5m, 그리고 15m 뒤에 키메토와 무타이, 태수가 줄줄이 따라오는 것을 발견하고 얼굴에 초조한 표정이 떠올랐다.

35km에서 우승을 굳히려면 최소한 2위하고 100m 이상 거리를 벌려야 하는데 강력한 라이벌 태수하고의 거리가 불과 40m뿐이니 똥줄이 타는 것이다.

무사시노는 자신의 사냥몰이가 실패하고 오히려 태수에게 역사냥몰이를 당하고 있다는 사실을 어렴풋이 느끼고 있으나 인정하고 싶지 않았다.

태수는 무사시노뿐만 아니라 2, 3위 키메토와 무타이의 속도가 빠르게 쑥쑥 떨어지고 있는 것을 확인했다.

태수가 봤을 때 무사시노는 km당 2분 56초, 키메토와 무타이는 2분 58초 정도의 속도다. 아까 스퍼트할 때에 비해서 많이 느려졌다.

착착착착착착—

"핫핫핫핫핫핫핫……."

무사시노의 속도 km당 2분 56초에 맞춰서 달리고 있는 태수 왼쪽에서 특이한 발걸음 소리가 들리더니 곧 베켈레가 나타나서 나란히 달리기 시작했다.

베켈레는 조금 지친 얼굴로 태수를 쳐다보았다.

"어디에서 잡을 거야?"

영리한 베켈레는 태수의 작전을 알아차렸다.

태수는 아마도 이번 대회에서 베켈레가 2위를 할 것 같다는 생각이 들었다.

"다리에서."

"오케이."

태수가 짧게 대답하자 베켈레는 싱긋 미소 짓더니 슬쩍 뒤로 처졌다.

츠쿠다오오하시로 오르는 다리 양쪽에 어마어마한 인파가 몰려들어 일방적으로 무사시노를 응원하고 있다.

와아아아—

"닛뽄 반자이!"

"무사시노! 간바레!"

마침내 무사시노는 36㎞ 지점을 지나 츠쿠다오오하시의 오르막에 진입했다.

태수가 속도를 올리기도 전에 키메토와 무타이는 차례로 추월당했다. 키메토와 무타이의 속도는 ㎞당 3분 이하로 뚝 떨어져 있었다.

태수가 추월하면서 힐끗 쳐다보니까 두 사람의 검은 얼굴에 고통스러운 표정이 떠올라 있었다.

아마도 마의 벽인 것 같은데, 사제지간이며 친구인 두 사람은 마의 벽도 사이좋게 함께 찾아온 모양이다.

태수에게도 마의 벽이 찾아오겠지만 그는 마의 벽을 극복하는 방법을 잘 알고 있다.

좋은 자동차는 타이어가 펑크 나는 긴박한 상황에 처해도 그 속도를 유지한 상태에서 몇십㎞ 정도는 갈 수 있다. 태수는 좋은 자동차다.

와아아아아아—

도쿄 시민들의 함성이 비명으로 바뀌기 시작했다. 츠쿠다오오하시의 오르막에서 태수와 무사시노의 거리가 조금씩 좁혀지고 있기 때문이다.

무리하게 오버페이스를 한 무사시노에게 츠쿠다오오하시의 완만한 오르막은 무거운 배낭을 지고 에베레스트를 오르는 것이나 다름이 없다.

반면에 역사냥몰이로 에너지를 충분히 비축한 데다 죽령고개 오르막훈련을 밥 먹듯이 한태수에게 츠쿠다오오하시의 오르막은 평지나 다름이 없다.

탁탁탁탁탁탁탁탁—

"하악… 학학학… 학학……."

무사시노는 10m까지 따라붙은 태수를 쉴 새 없이 돌아보는데 그 얼굴에 떠오른 것은 초조함이 아니라 공포다.

모든 중계방송차량은 이 상황을 찍으면서 극도로 지치고 공포에 빠진 무사시노와 그 반대로 강변에 조깅이라도 하러나 온 것처럼 무척이나 여유로운 표정의 태수의 모습을 클로즈업하면서 대비시키고 있다.

무사시노와 태수의 극에서 극으로 대비되는 TV 화면을 보고 있는 1억 2,700만 일본 국민의 한숨이 그 순간 한꺼번에 터져 나왔다.

—아아… 졌다.

타타타탁탁탁탁탁탁—

"후-우-우… 훅훅! 하아아… 학학! 후-우-우……."

무사시노의 속도가 느려지는 반면 태수는 점점 빨라져서 츠쿠다오오하시의 오르막을 절반쯤 올랐을 때 어느덧 무사시노 왼쪽에서 나란히 달렸다.

그 속도면 태수가 쏜살같이 무사시노를 추월할 수도 있었을 텐데 어찌 된 일인지 태수는 무사시노와 나란히 달렸다.

"하아악… 하아악… 학학학학……."

무사시노는 소금 알갱이가 범벅된 얼굴을 있는 대로 일그러뜨리며 짙은 고글 너머 무서운 눈빛으로 태수를 쏘아보았다.

엄청난 스피드로 오르막을 치고 오르던 태수와 천근만근 무거운 다리를 이끌면서 오르던 무사시노가 나란히 달리는 모습은 전 세계로 퍼져 나갔다.

태수는 무사시노를 보면서 빙그레 미소를 지으며 응원을 해주었다.

"카바레."

그러고는 쑥쑥 앞으로 달려 나갔다.

태수가 무사시노에게 뭐라고 말한 입모양을 클로즈업한 아사히TV의 캐스터는 비명을 질렀다.

"윈드 마스터 한태수 선수가 방금 무사시노에게 '간바레'라고 응원을 해주었습니다! 아아! 정말 위대한 선수입니다!"

반면 무사시노의 얼굴은 똥을 밟아놓은 것처럼 일그러졌다.

츠쿠다오오하시 중간에 36km 팻말이 있다.

태수가 36km를 지날 때 선도차의 시계는 1시간 42분 24초를 가리키고 있다.

앞으로 남은 거리는 6.195km. 만약 17분대에 달리기만 한다면 천재지변에 버금가는 일이 벌어질 것이다.

태수는 슬쩍 뒤돌아보았다. 무사시노는 이제 겨우 오르막 위에 올라섰는데 150m 이상의 거리고 그 뒤에는 아무도 보이지 않았다.

아마 오르막이기 때문일 텐데 무사시노는 곧 키메토와 무타이, 베켈레 등에게 따라잡히고 말 것이다.

형편없는 무사시노의 속도로 봤을 때 그건 불을 보듯이 뻔한 일이다.

어쩌면 무사시노도 마의 벽에 빠진 거였는지 모른다. 꼴좋다. 사냥몰이는 아무나 하는 게 아니다.

탁탁탁탁탁탁탁—

"후우우… 훅훅… 하아아… 핫핫……"

태수는 호흡을 고르면서 안정적인 자세를 취했다.

그도 인간이기 때문에 꽤나 지쳐 있다. 뒤처져 있는 무사시노나 키메토, 무타이 등은 현재 km당 3분 5초의 속도로 달리는 것조차도 힘겨울 것이다.

하프 이후에 35km까지 무려 14km를 km당 평균 2분 48초로 달리면서 극도의 오버페이스를 했기 때문이다.

말로 하기가 쉬워서 km당 2분 48초지, 만약 마라톤 풀코스를 평균속도 km당 2분 51초로 달리면 2시간 기록으로 골인하게 된다.

그걸 감안했을 때 km당 2분 48초로 달린 것이 얼마나 오버페이스를 했는지 짐작할 수 있다.

그렇지만 오버페이스를 했다는 점에서는 태수로서도 남의 일이 아니다.

그도 그들처럼 오버페이스를 했다. 오래지 않아서 그도 대가를 치르게 될 터이다.

태수는 곧게 뻗은 다리 위를 달리면서 시계를 보며 속도를 체크해 보았다.

km당 속도를 체크하기 위해서는 1km를 다 달릴 필요까진 없다. 대충 100m 정도만 달려보면 속도가 나온다.

'2분 59초……'

지금 속도가 최소한 2분 55초 이상은 될 줄 알았던 태수는 어이가 없어졌다. 그래서 이번에는 200m를 달리면서 다시 체크해 보았다.

그런데 이번에는 km당 3분 1초가 나왔다. 점점 속도가 떨어지고 있다는 뜻이다.

'이런 제기랄……'

마의 벽에 빠졌다. 태수 자신도 모르는 사이에 마의 벽에 빠져 있었던 것이다. 언제 빠졌는지 모르지만 그런 건 중요하지 않다.

무사시노, 키메토, 무타이만이 아니라 태수 자신마저도 마의 벽에 빠져 있었다.

조금 전에 오래지 않아서 오버페이스 대가를 치를 것이라고 했는데 그게 생각하자마자 곧장 찾아왔다.

아직 고통이 엄습하지 않는 것으로 봐선 마의 벽 시작 단계가 분명하다. 이제는 러너스 하이도 건너뛰고 곧 바로 마의 벽에 빠지곤 한다.

태수가 마의 벽을 극복하는 방법은 '관성'에 맡기는 것이다. 마의 벽 상황에서는 정신마저도 올바르지 않아서 달리는 속도를 조절하는 것은 언감생심 꿈도 꾸지 못한다.

대부분의 선수는 마의 벽 상황에 처하면 그걸 극복하려고 기를 쓴다.

하지만 마의 벽은 극복할 수 있는 성질의 것이 아니다. 그럴수록 더 힘들어지고 파김치가 된다.

그래서 태수는 자신이 지금까지 달려온 자세와 속도를 마의 벽 상황에서도 최대한 그대로 유지할 수 있도록 관성에 몸을 송두리째 내맡긴다.

방법은 하나뿐이다. 마의 벽을 극복하려고 아등바등하지 말고 그걸 인정하고 그 속에서 최대한 여유를 찾는 것이다.

여태까지 태수가 시험해 본 결과 그렇게 했을 때 속도가 85~ 90%까지는 발휘할 수 있었다.

그러나 문제가 있다. 지금 태수의 속도는 ㎞당 3분 1초까지 떨어진 상황이다.

마의 벽에 빠져서 관성에 맡기면 모르긴 해도 3분 4~5초까지, 어쩌면 그 이하로 떨어질지도 모른다.

'방법이 없다.'

그렇지만 마의 벽을 극복하려고 애쓰다 보면 죽도 밥도 안 된다는 걸 잘 알고 있는 태수는 그저 관성에 자신을 맡기는 수밖에 도리가 없다.

"후우우… 훅훅훅… 하아아… 학학학……."

츠쿠다오오하시를 건너면 인공섬 도요스가 나오고 거기가 38㎞ 지점이다.

태수는 선도차의 시계를 보았다. 1시간 48분 30초. 36㎞에서 38㎞까지 2㎞를 오는데 6분 6초나 걸렸다. ㎞당 3분 3초의 말도 안 되는 속도다.

사실 ㎞당 3분 3초로 풀코스를 줄곧 달리면 2시간 8분대의 기록이다.

그 정도면 웬만한 대회에 나가서 충분히 입상할 수 있지만 태수에겐 조깅하는 속도에 불과하다.

'남은 거리를 도대체 얼마에……'

계산을 하려던 태수는 자꾸만 계산이 엉켜서 머리를 세차게 흔들었다.

'빌어먹을……'

이놈의 마의 벽은 몸뿐만이 아니라 정신까지도 엉망진창으로 만들어 버린다.

체내의 에너지원인 글리코겐이 바닥을 드러내는 것은 자동차에 기름이 떨어진 것이나 같은 상황이다. 기름 떨어진 빈자동차를 끌고 가려고 하니까 정신과 몸이 미친 듯이 삐걱거리고 있다.

남은 거리는 4.195km다. 끄트머리 0.195km는 35~37초에 주파할 수 있다지만 4km가 문제다.

4km를 무조건 12분 안에 뛰어야만 한다. 그래야지만 2시간 2분 안에 골인할 수 있다. 2시간 2분이 넘어가버리면 불안하다.

km당 3분에만 뛰면 4km 12분이 소요된다. 그런데 이놈의 오버페이스에다가 마의 벽이 발목을 잡고 있다.

지금 마의 벽 상황에서 km당 3분에 뛴다는 게 말처럼 쉽지가 않다.

태수는 초조한 마음으로 시계를 보면서 다시 속도를 측정해봤다. km당 3분 4초. 더 떨어졌다.

'놀고 자빠졌네……'

욕이 목구멍까지 치밀어 올랐다. 관성이고 나발이고 그냥 마의 벽을 온몸으로 부딪쳐서 깨뜨리고 싶은 마음이 굴뚝같았지만 꾹꾹 눌러 참았다.

4km를 지금 속도 km당 3분 4초에 달리면 12분 16초. 거기에 0.195km를 가는데 37초, 아니, 지금 이런 식으로 뛰면 40초는 걸릴 거다.

그럼 12분 46초가 된다. 현재 38km까지 1시간 48분 30초니까 +12분 46초=2시간 1분 16초다.

그거면 된다. 충분하진 않아도 태수가 작년 베를린마라톤 대회에서 세운 2시간 2분 45초를 깰 수 있다.

선두 태수를 비롯하여 킵초게까지 9명 모두 오버페이스를 했지만 지금 상황에선 체력과 정신력이 강한 선수가 무조건 승리한다.

츠쿠다오오하시를 다 건넌 태수가 뒤돌아보니까 무사시노는 보이지 않고 체격이 좋고 키가 큰 흑인 두 명이 달려오는 모습이 까마득하게 보이는데 키메토와 무타이다. 태수하고의 거리는 350m는 넘는 것 같다.

다리 하나를 건너는데 350m 거리가 벌어졌다면 태수가 피니시라인을 지날 때쯤이면 2위하고의 거리는 최소한 1㎞ 이상 벌어질 것이다.

그러면 태수의 기록보다 최소한 3분 이상 늦어져서 2시간 4분대다.

그 정도로는 아무것도 못 한다. 그냥 도쿄마라톤대회에서 2위를 했다는 게 전부다. 세계기록이나 대회기록은 1위가 모조리 휩쓸 테니까 말이다.

마의 벽에 빠진 태수가 이처럼 느려지고 있는데 키메토와 무타이는 더 느린 모양이다. 그런 측면에서 보면 마의 벽은 공평하면서도 위대하다.

러너스 하이는 보통 5분이면 끝나지만 마의 벽은 피니시 이후까지도 계속 이어진다.

피니시 전에 몸과 정신이 편해지는 경우가 있는데 그건 마의 벽이 끝난 게 아니라 해탈의 경지에 들어섰기 때문이다. 극심한 고통을 뛰어넘었을 때 주어지는 달콤한 열매다.

태수의 경우에는 마의 벽에 들었다가 거기에서 허우적거리는 중에 골인한 일이 가장 발전된 모습이었다.

'자… 지금이야말로 나를 이겨야 할 때다.'

태수는 뒤따르는 선수들은 더 이상 신경 쓰지 않기로 했다. 처음부터 그랬던 것처럼 그의 유일한 라이벌은 자기 자신인 것이다.

우승은 자신 있지만 문제는 기록 경신이다. 그리고 이대로
만 가면 늦어도 2시간 1분 중반에 골인할 수 있다.

'초조해하지 말자… 이대로 가면 된다……'

웃기는 얘기지만 마의 벽에도 순서라는 것이 있다. 처음에
속도가 떨어지고 그다음에 온몸이 분해되는 것 같은 고통이
휩쓸고 마지막으로 손가락 하나 까딱하기 싫은 무력감이 찾
아온다.

TV 중계나 도로 양쪽에서 그냥 지켜보는 사람들 눈에는
선수들이 그냥 묵묵히 달리는 것 같지만 사실은 35㎞ 이후에
찾아드는 그런 무시무시한 마의 벽을 그저 초인적인 인내심으
로 감내하면서 달리고 있는 것이다.

타탁탁탁… 타타탁탁탁…….

"후우우우… 훗훗… 하아아아… 핫핫……."

지금 태수는 분명히 평지를 달리고 있으면서도 가파른 오
르막을 오르는 것처럼 한 발 한 발 내딛는 것이 힘겹고 고통
스러웠다.

그는 이번 대회에 새로운 사실 하나를 뼈저리게 깨달았다.
중간에 오버페이스를 많이 하면 할수록 마의 벽이 괴롭다는
지극히 당연하면서도 냉정한 사실이다.

39km. 앞으로 3km만 가면 되는데 그놈의 3km가 지금까지 달려온 39km보다 더 멀고 험하게만 느껴졌다.

세계적으로 명성을 날렸던 전설적인 선수들도 마의 벽에 빠져서 경기를 포기했던 일이 비일비재했었다.

'마라톤 여제(女帝)' 혹은 '위대한 폴라'로 불리는 여자 마라톤 세계기록 보유자 폴라 래드클리프도 마의 벽에 빠진 상황에서 비틀거리며 달리다가 아스팔트에 주저앉아 울면서 경기를 포기했던 일은 유명한 일화다.

39km까지 1시간 51분 36초. 이번 1km는 3분 6초가 걸렸다. 갈수록 자꾸만 느려진다.

하지만 1~2초 느려지는 정도로는 기록을 경신하는 데 별다른 지장이 없을 것이다.

태수는 또 뒤돌아보았다. 다른 선수들은 신경 쓰지 않을 거라고 마음먹었는데도 자신이 자꾸 느려지니까 2, 3위가 추월하는 건 아닐까 하는 염려가 생겼다.

그러나 츠쿠다오오하시부터 츠키시마까지는 직선도로지만 스미다강의 또 다른 다리 하루바시에서 좌회전, 다리를 건넌 후에 우회전하여 지금 태수가 달리고 있는 하루미대로가 이어지기 때문에 여기에서는 2위 주자가 보이지 않는다.

태수가 있는 곳에서 하루바시까지는 적게 잡아도 700m는 될 것 같았다. 그런데도 2위 주자가 보이지 않는다는 사실이 태수에게 위안이 됐다.

700m면 안심할 수 있는 거리다. 폴라 래드클리프처럼 태수가 길바닥에 주저앉지 않는 한 2위가 그를 위협할 염려는 이것으로 사라졌다.

타타타탁탁탁탁탁탁—

"후우우… 훗훗… 하아아… 핫핫… 후우우우……."

태수는 자꾸만 몸이 갈지자로 달리는 것 같았다. 하지만 다른 사람이 보면 똑바로 달리고 있다. 그 자신만 그렇게 느끼는 것이다.

'이번 마의 벽은 지독하구나.'

현실에서는 이대로만 가면 자신이 세운 세계기록을 경신할 수 있는데, 정신과 몸이 엉망진창인 상황에서 태수는 자꾸만 걱정이 앞섰다.

40㎞를 얼마 남겨두지 않은 지점에서 태수는 도로 양편에 구름처럼 모여든 도쿄 시민들이 큰 북을 치고 박수를 치면서 뭐라고 합창하며 외치는 소리를 들었다.

"신키로쿠! 신키로쿠! 신키로쿠!"

태수는 그 외침이 우리말의 '신기록' 하고 닮았다는 생각이 들었다.

혹시 무사시노를 응원하나 싶어서 뒤를 돌아봤지만 넓은

대로를 달리고 있는 사람은 태수 혼자뿐이다.

그렇다면 수만 명의 도쿄 시민들은 지금 태수를 응원하고 있는 게 분명하다.

어쩌면 이들은 모두 태수의 세계기록 경신을 응원하고 있는지도 모른다.

둥둥둥둥둥—

짝짝짝짝짝!

"신키로쿠! 신키로쿠! 신키로쿠!"

아무래도 신기록이라고 외치는 것 같다. 별일이다.

일본인들이 자기네 선수를 응원하는 게 아니라 무슨 경기를 하든 늘 앙숙이었던 대한민국의 태수가 신기록을 내기를 응원하고 있는 것이다.

도쿄마라톤대회는 2007년 세계6대메이저마라톤대회에 들어간 이후 이렇다 할 기록을 낸 적이 한 번도 없다. 아니, 오히려 다른 5개 대회하고는 비교조차 할 수 없는 초라한 성적표만 쏟아냈었다.

그런데 2016년 대회에서 태수가 세계기록을 수립한다면 도쿄마라톤대회로서도 자랑스럽게 뻐기면서 할 말이 생긴다.

신기록의 산실인 베를린마라톤대회에서 지금까지 6번의 세계기록이 수립됐지만 그런 거 다 소용없게 돼버린다.

그 기록들을 태수가 갈아치우고 새 역사를 쓴다면 도쿄마라톤대회의 위상이 전 세계 만방에 떨쳐질 테니까 말이다.

타타타탁탁탁탁…….

"허억… 헉헉헉… 헉헉헉……."

41㎞ 조금 못 미친 지점.

하루미대로에서 우회전하여 시노노메로 들어섰다.

나아질 줄 알았던 마의 벽이 갈수록 더 심해져서 이제는 4박자 호흡마저도 헝클어져 버렸다. 그냥 삼복더위에 동네 개가 혀를 빼물고 헐떡거리듯이 들숨 날숨 없이 마구 헐떡거리고 있을 뿐이다.

마지막 1㎞ 조금 더 남았다. 195m가 더 있지만 그딴 건 신경도 쓰기 싫다.

세계기록이고 지랄 염병이고 그냥 다 집어치우고 그저 아무 곳에나 벌렁 누워서 쉬고 싶다는 간절한 마음이 99%고, 그래도 끝까지 달려서 세계기록을 경신해야 한다는 생각은 단 1%뿐이다.

그런데도 그 1%의 숭고한 정신이 99%의 욕망을 지배하면서 버티고 있다.

만약 그 1%마저 무너져 버린다면 태수는 그대로 뻗어버리고 말 것이다.

연도의 도쿄 시민들은 아까보다 더 열광적으로 '신키로쿠'를 연호하면서 응원을 하고 있다.

마치 일본 1억 2,700만 인구가 전부 함성을 터뜨리고 있는 것만 같다.

그때 문득 태수는 세계기록을 내 나라 내 땅에서 수립하고 싶다는 생각이 들었다.

남의 나라, 그것도 일본이 아닌 대한민국에서 개최하는 마라톤대회에서 그 누구도 깨지 못할 영원불멸의 세계기록을 세운다면 얼마나 영광스러운 일이겠는가. 그것은 생각하는 것만으로도 전율이 일었다.

"오빠!"

그때 태수는 무슨 환청을 들은 것 같았다. 민영의 목소리 같은데 이런 곳에서 민영이 그를 부를 리가 없다.

그래도 휘청거리면서 고꾸라질 것 같은 몸을 추스르면서 두리번거리다 보니까 오른쪽 도로 가장자리에서 뜻밖에도 민영이 태수와 같은 방향으로 달리고 있는 모습이 보였다.

'민영아……'

민영은 탱크탑에 짧은 팬츠 차림, 흰색 런닝화를 신고 태수를 보며 달리면서 또 소리쳤다.

"오빠! 할 수 있어!"

태수가 보니까 민영은 눈물을 흘리면서 뛰고 있다. 긴 머리카락을 바람에 날리면서 태수를 보며 연신 '오빠!', '오빠!'를 외치며 마라톤의 여신처럼 달리고 있다.

주로에는 대회에 참가하는 마라토너 외에는 달리지 못하는 게 규칙이다.

그래서 진행요원 몇 명이 달리는 민영을 향해 여기저기에서 달려가며 뭐라고 소리를 질렀다.

그때 선도차 너머 TV아사히 중계차량의 활짝 열어젖힌 뒷문에서 누군가 진행요원에게 악을 쓰듯 외쳤다.

"막지 마라! 그냥 놔둬라!"

민영을 덮치려던 몇 명의 진행요원이 멈칫했다.

민영이 주로 가장자리에서 달리는 건 사소한 규칙 위반이지만 태수가 실격 처리될 정도로 중대한 것은 아니라는 게 주최 측의 유권해석이었다.

더구나 민영이 누군지 알고 그녀와 태수의 관계를 알기 때문에 그녀의 응원이 태수가 세계기록을 경신하는 데 큰 힘이 될 거라고 판단한 것이다.

그리고 이건 주최 측이나 그 누구도 준비한 적이 없는 빅이벤트다.

아시아 최고의 가수 민영과 마라톤 세계챔피언 한 쌍의 연인이 도로 중앙과 가장자리에서 나란히 달리는 것은 어느 누구도 만들어내지 못할 엄청난 화젯거리다.

민영이 오른쪽 7~8m 거리에서 함께 달리기 시작하면서부터 태수는 부쩍 힘이 났으며 정신이 맑아지는 것 같았다.

41km 표지판이 보였다. 그리고 선도차의 시계는 1시간 58분 26초를 가리키고 있다.

앞으로 남은 1.195km를 3분 34초 안에 달린다면 2시간 1분 대에 골인할 수 있다.

태수는 이왕이면 2분대가 아닌 1분대에 골인하고 싶다.

그러나 마의 벽에 빠진 이후 km당 3분 5~6초의 속도로 달리고 있는데 1.195km를 3분 34초 안에 주파하는 것은 지금 상태로는 무리다.

그러려면 1km를 2분 55초에, 195m를 39초 안에 뛰어야만 가능하다.

태수 앞쪽에 좌우로 가로지르는 거대한 고가도로가 보였으며, 그 아래 진행요원들이 좌측으로 줄지어 서 있다.

저기에서 고가도로 아래를 좌회전하여 700m쯤 따라가면 아리아케가 나오고, 거기에서 200m를 더 가면 피니시인 도쿄 빅사이트가 기다리고 있다.

'이제 다 왔다……'

타타타탁탁탁탁―

"후욱… 학학학학… 헉헉헉……."

태수는 고가도로 아래에서 선도차를 따라 좌회전을 했다.

1㎞를 2분 55초. 195m를 39초 안에 달려야 한다는 계산을 했지만 몸이 따라주지 않았다. 이대로 간다면 2시간 2분 초반에 골인하게 될 것이다.

　그때 민영이 뭐라고 외치는 것 같아서 그쪽을 쳐다보았다.

　그런데 민영은 태수보고 뭐라고 하는 게 아니라 노래를 부르기 시작했다.

바람의 아들 윈드 마스터~

널 사랑하는 거 아니~

달려~ 달려~ 달려~

바람의 지배자 윈드 마스터~

내 사랑이 보이니~

가자~ 가자~ 가자~

오오오~ 후우우~ 윈드~ 윈드~ 윈드 마스터~

달려~ 달려~ 달려~ 윈드~ 윈드~ 윈드 마스터~

가자~ 가자~ 가자~ 윈드~ 윈드~ 윈드 마스터~

　민영이 자신의 메가히트곡 'My wind master'를 부르고 있는 것이다.

　그녀는 목에 핏대를 세우고 눈물을 펑펑 흘리면서 목청껏 노래를 불렀다.

태수 전방과 좌우의 수십 대의 중계차량은 태수와 민영을 번갈아서 촬영하느라 전쟁을 벌이고 있다.

언제부턴가 고가도로 아래 도로 양쪽에 늘어선 수많은 도쿄 시민들이 'My wind master'를 따라서 부르며 합창을 하고 있다.

오오오~ 후우우~ 윈드~ 윈드~ 윈드 마스터~
달려~ 달려~ 달려~ 윈드~ 윈드~ 윈드 마스터~
가자~ 가자~ 가자~ 윈드~ 윈드~ 윈드 마스터~

민영의 'My wind master'는 현재 일본 오리콘차트에서 몇 달째 1위를 하고 있는 곡이다. 일본에서는 국가인 기미가요는 몰라도 'My wind master'는 코흘리개 유치원생까지도 다 알 정도로 유명하다.

태수는 민영의 노래에 취했고 도쿄 시민들의 성숙한 응원 열기에 취하면서 달리고 또 달렸다.

타타타탁탁탁탁탁—

"후우우··· 훅훅··· 하아아··· 핫핫······."

태수는 어느새 4박자 호흡으로 돌아왔다. 그리고 갈지자가 아니라 똑바로 힘차게 달리는 느낌이다. 하지만 본인은 그런

걸 모르고 있다.

아리아케에서 유리카모메도로를 달리다 보니까 전방 왼쪽에 도쿄빅사이트 거대한 구조물이 나타났다.

이제 마지막 300m 남짓 남겨둔 상황에 태수는 이번 대회에 스타트 이후 최초로 아주 평온한 기분에 사로잡혔다.

마의 벽을 초월한 것인지 해탈지경에 들어갔는지 모르지만 민영의 응원이 큰 힘이 되어준 것만은 사실이다. 민영의 응원이 청량제 역할을 해주었다. 그녀가 아니었으면 태수는 아직도 마의 벽에 짓눌려 허덕이고 있을 것이다.

선도차 너머의 TV아사히 중계차량 2대와 양쪽 뒤쪽의 중계차량과 모터바이크 수는 30여 대에 달했다.

중계차량이나 응원하는 도쿄 시민들, 심지어 진행요원들까지 모두 미친 것처럼 펄쩍펄쩍 뛰면서 악을 쓰며 응원을 했지만, 정작 당사자인 태수는 평온하기 그지없었다.

유리카모메도로에서 도쿄빅사이트 동편 쪽으로 좌회전했다.

이제 남은 거리는 250m 남짓. 선도차의 시계는 2시간 46초를 나타내고 있다. 남은 250m를 1분 13초 안에 달리면 세계기록 경신이다.

여전히 오른쪽에서 달리고 있는 민영은 아직도 'My wind master'를 목이 터져라 부르고 있으며, 더 많아진 응원 인파

역시 하늘이 무너지는 착각이 들 정도로 큰 소리로 합창을 하고 있다.

일본인들은 태수가 한국인이라는 사실을 잊은 것 같다. 그저 일본하고도 도쿄에서 세계기록이 경신된다는 사실에 한없이 기뻐하는 것처럼 보였다.

도쿄빅사이트 전문 쪽에서 동편으로 가는 짧은 도로는 이름이 없다. 코스 답사 때 심윤복 감독이 그냥 484번 도로라고 알려줬었다.

484번 도로 끝 사거리에서 우회전하여 도쿄빅사이트를 끼고 100m를 달리면 피니시라인이다.

선도차와 중계방송차들이 물러났다. 그리고 주관사인 TV아사히의 모터바이크 한 대만 태수 왼쪽에서 촬영하며 바싹 따라붙었다.

태수 전방 50m에 피니시라인 아치와 잠시 후에 그가 끊게 될 넓은 테이프가 보였다.

아치 위의 전자시계는 2시간 1분 36초를 나타내고 있었다.

오다이바에 있는 도쿄빅사이트는 전시장이라서 피니시라인은 바깥에 있다.

타타타탁탁탁탁탁—

태수가 피니시를 향해 힘차게 달려가고 있는 양쪽에 도쿄 시민들이 'My wind master'를 합창하면서 '간바레!'를 외쳐대고 있다.

여유가 생긴 태수는 슬쩍 미소를 지었다.

'여전히 카바레로 들리는구나.'

피니시를 10m 남겨둔 지점에서 태수는 슬쩍 오른쪽에서 달리고 있는 민영을 쳐다보았다.

민영은 속도를 줄이면서 두 손을 모아 입에 댔다가 태수에게 뻗으면서 손키스를 날렸다. 그녀의 얼굴은 눈물범벅이고 아직도 펑펑 울고 있다.

타타타탁탁탁탁―

파아―

태수는 드디어 2016년 도쿄마라톤대회 테이프를 최초로 끊으면서 골인했다.

시간은 2시간 1분 53초. 그가 작년 베를린마라톤대회에서 세웠던 2시간 2분 45초를 52초 경신한 세계 신기록이다.

와아아아―

피니시라인에 운집한 사람들의 귀가 먹먹한 환호 속에 진행요원들이 태수를 부축하면서 커다란 타월을 덮어주고 음료를 내밀었다.

태수는 두 팔을 벌려서 그들을 다 물리치고 주위를 두리번거렸다.

태수를 빙 둘러싼 사람들 바깥쪽에 민영이 울면서 그를 바라보며 서 있는 게 보였다.

"민영아!"

태수가 부르면서 그쪽으로 걸어가자 사람들이 길을 터주었고 민영도 마주 다가왔다.

"오빠! 잘했어!"

울면서 다가오며 말하는 민영의 목소리가 쉬어서 꺽꺽거렸다. 'My wind master'를 얼마나 악을 쓰면서 불렀으면 목이 다 쉬었다.

"민영아!"

태수는 그저 민영의 이름을 부르면서 가까이 다가온 그녀를 와락 힘껏 끌어안았다.

"고맙다… 네가 얼마나 고마운 존재인지 이제야 깨달았다… 정말 고맙다, 민영아……."

"나는 괜찮아, 오빠… 잘했어. 정말 훌륭해, 오빠……."

태수의 말에 감동한 민영은 수도꼭지를 틀어놓은 것처럼 콸콸 눈물을 흘리면서 더욱 힘주어 태수를 마주 안았다.

제36장
동마

기절할 것처럼 기진맥진했던 태수가 기운을 회복하는 데는 2~3분이면 충분하다.

더 이상 달리지 않으니까 마의 벽은 자연스럽게 끝났다. 다시 달리는 것은 어렵겠지만 그 밖에 다른 행동을 하는 데는 지장이 없을 만큼 회복했다.

태수는 피니시라인 안쪽 측면에 마련된 푹신한 깔개 위에 누워 있고 민영과 타라스포츠 소속 마사지사가 그의 몸을 마사지해 주고 있다.

민영은 태수의 허벅지를 주무르면서 그의 얼굴에서 시선을 떼지 못했다.

오늘따라 그가 천만 배나 더 멋있고 늠름한 사내로 보이기 때문이다. 할 수만 있다면 태수를 조그맣게 만들어서 언제나 주머니에 담아서 다니고 싶을 정도다.

"돌아누워 봐, 오빠."

민영이 쉰 목소리로 태수의 몸을 뒤집었다.

마사지사가 상체를 마사지하고 하체를 주무르던 민영이 태수 오른쪽 허벅지 뒤쪽이 손톱만 한 크기로 발갛게 부어오른 것을 발견했다.

"오빠, 이거 왜 그래?"

"벌에 쏘였어."

"달리다가 벌에 쏘였단 말이야?"

"그래."

민영은 어이없는 표정을 지었다.

"말도 안 돼. 이건 해외토픽감이다."

"어디 좀 봐요."

나순덕이 민영 옆에 웅크리고 앉으며 안경 안의 눈을 빛내면서 상처를 자세히 살펴보았다.

"벌에 쏘인 거 아니에요. 타박상이에요."

"타박상?"

나순덕이 태수에게 진지하게 물었다.

"태수 씨 이거 언제 그랬는지 아세요?"

태수는 상체를 틀어서 나순덕을 쳐다보았다.

"30㎞ 조금 못 미친 곳에서 그랬습니다."

"어떤 느낌 같은 거 없었어요?"

"따끔했어요. 그래서 햄스트링근육 파열인 줄 알았어요."

"근육 파열이면 걷지도 못해요."

태수는 민영을 보며 말했다.

"30㎞ 급수대에서 살펴보려고 했는데 감독님하고 민영이 힘차게 응원하는 바람에 그냥 달렸습니다."

민영이 깜짝 놀랐다.

"그때였구나? 왠지 오빠 얼굴이 어두웠었어."

나순덕은 볼록 솟은 빨간 상처를 쓰다듬었다.

"아무래도 이건 비비탄 같은 것에 맞은 것 같아요."

"비비탄? 그게 뭐예요?"

"장난감총이에요."

민영의 물음에 나순덕이 진지한 얼굴로 대답했다.

"장난감이지만 위력은 대단해요. 잘못 맞으면 실명되기도 해요. 불법 개조한 비비탄총은 차량 유리도 뚫을 정도예요."

"그 정도예요?"

민영은 놀라면서 태수의 허벅지 상처를 쓰다듬었다.

"어떤 또라이 같은 놈이… 정말 큰일 날 뻔했네."

그때 심윤복 감독이 말했다.

"그 문제는 좀 더 조사해 보도록 하자. 이건 그냥 넘어갈 일이 아닌 것 같다."

피니시 쪽이 시끄러워졌다. 2위가 들어오고 있다고 한다.

태수가 일어나서 골인아치를 쳐다보자 잠시 후에 베켈레가 헐떡거리면서 힘차게 골인했다.

시간은 2시간 4분 57초. 태수가 예측한 시간과 비슷했다. 1위 태수의 2시간 1분 53초보다 3분 04초나 늦었다.

거의 1km쯤 뒤처져 있었다는 얘기다. 더구나 베켈레가 2위를 할 것 같다는 태수의 예상이 정확하게 맞아떨어졌다.

베켈레는 진행요원에게 둘러싸여 있다가 자신의 코치와 함께 두리번거리며 누굴 찾더니 태수를 발견하고 웃으면서 곧장 다가왔다.

"하하하! 축하해! 윈드 마스터! 또 해냈어!"

"고마워. 베켈레도 축하해."

"태수가 존재하는 한 아무도 우승은 못할 거야. 태수를 이기려고 하는 것보다 우린 태수가 참가하지 않는 대회를 찾아다니는 쪽이 훨씬 쉬울 거야."

베켈레는 태수를 얼싸안고는 귀에 대고 속삭였다.

"태수, 설마 2시간대를 깨려는 계획이야?"

"그건 인간의 능력 밖이야."

태수는 그렇게만 말해두었다.

두 사람이 서로 축하해 주고 있을 때 피니시로 3위 키메토와 4위 무타이가 1초 차이로 골인했다.

베를린마라톤대회부터 줄곧 같이 뛴 태수와 베켈레, 키메토, 무타이 등은 꽤 친해져서 이제는 승부를 떠나 서로 격의 없이 축하해 주는 사이가 되었다.

4명이 서로 축하하고 격려하고 있을 때 5위로 케베데가, 그리고 그다음부터는 킵상, 키프로티치, 킵초게 순서로 차례로 골인했다.

8위 킵초게가 2시간 6분 44초로 골인한 후에도 한참이 지나도록 골인하는 선수가 없었다.

하프 이후 태수를 비롯해서 줄곧 9명의 선수가 각축을 벌였는데 현재까지 8명만 골인했다.

9명 중에 무사시노만 남았는데 피니시 바깥 100m 거리에도 그의 모습이 보이지 않았다.

와아아—

그때 도쿄빅사이트 동편 쪽 100m 직선주로 끝에서 함성이 터지더니 곧 2명의 선수가 모습을 나타냈다.

그런데 예상했던 무사시노가 아니라 이마이 마사토가 앞서고 뒤에는 니시무라 신지가 달려오고 있다.

잠시 후에 이마이 마사토는 2시간 7분 16초, 니시무라 신지는 2시간 7분 21초로 골인했다. 두 사람 다 자신의 기록을 경신했다.

이마이와 니시무라는 바닥에 쓰러져서 잠시 헐떡거리다가 일어나 곧장 태수에게 다가와 손을 내밀었다.

"축하합니다, 태수 씨."

"감사합니다."

그 광경을 일본 취재진들이 부지런히 촬영했다.

니시무라 신지는 예전에 태수에게 많이 고약하게 굴었는데 이제는 꽤 고분고분해졌다. 태수가 자기하고는 다른 클래스라고 인정한 모양이다.

무사시노는 다른 선수 3명이 더 골인한 후에야 2시간 9분대의 기록으로 14위로 골인했다.

무사시노는 골인하자마자 바닥에 벌렁 누워서 가쁜 숨을 토해내며 죽을 것처럼 괴로워했다.

"학학학학학……."

태수는 그 모습을 보면서 통쾌하기보다는 측은함을 느끼고 그에게 다가가 손을 내밀었다.

"수고했습니다."

그런데 무사시노가 벌떡 퉁기듯 일어나더니 다짜고짜 태수에게 달려들며 침을 튀기며 악을 썼다.

"너 이 새끼! 아까 뭐라고 그랬어?"

태수는 태연하게 말했다.

"간바레가 힘내라는 일본어 아닙니까?"

"이 새끼가 끝까지……."

획!

무사시노가 냅다 주먹을 휘두르는데 태수는 뒤로 물러서면서 슬쩍 피했다.

여러 사람이 비명을 지르면서 무사시노를 뜯어말리고 태수를 감싸면서 보호했다.

무사시노의 발작은 고스란히 일본 전역으로 생중계되어 그 순간 모든 일본인이 탄식을 터뜨렸다.

티루네시가 여자 부문 우승을 차지했다. 기록은 2시간 17분 08초로 지금까지의 여자 기록 2위 쇼부코바의 2시간 18분 20초를 갈아치웠다.

그리고 놀랍게도 신나라가 2위, 마레가 3위를 했으며 그녀들의 기록은 2시간 17분 35초와 2시간 17분 43초로 둘 다 쇼부코바의 기록을 능가했다.

오늘로써 여자 마라톤 세계기록이 새로 작성될 것이다. 1위는 여전히 폴라 래드클리프의 2시간 15분 25초이고, 2위 티루네시 디바바의 2시간 17분 08초, 3위 신나라 2시간 17분 35초, 4위 마레 디바바 2시간 17분 43초가 그것이다.

쇼부코바는 일본의 노구치 미즈키 케냐의 키플라갓에 이어서 6위 2시간 22분 19초에 골인했다.

태수는 그녀가 페이스 조절에 실패해서 이 대회를 망쳤다는 사실을 잘 알고 있다.

쇼부코바가 태수에게 사과하기 위해서 19㎞까지 태수의 페이스로 따라오지 않았다면 그녀는 이번 대회에서 티루네시와 1, 2위를 다투었을 것이다.

어쩌면 그녀는 대회 전에 있었던 일본 야쿠자들의 습격 사건에서 최대의 피해자인지도 모른다.

그것 때문에 태수는 오히려 쇼부코바에게 미안한 마음이 생겨서 내내 마음이 무거웠다.

*   *   *

도쿄에서 대한민국으로 돌아오는 여객기 안. 태수 일행의 자리로 MBC 차동혁 기자가 휴대폰을 앞세워서 찾아왔다.

"태수 씨, 이거 좀 보세요. 오늘 아침에 유튜브에 올라온 동영상입니다."

차동혁이 자신의 휴대폰을 내밀었다.

휴대폰 동영상에는 십여 명의 정장 서양인이 3대의 차에서 내리는 장면부터 나왔다. 서양인 중 한 명이 뒤따라가면서 촬영을 하는 것 같았다.

　서양인들은 하나같이 키가 크고 체구가 단단하며 머리가 짧아서 군인 같은 인상을 주었다.

　차에서 내린 서양인들은 길가의 어느 건물로 들어가서 엘리베이터에 타고 위로 올라가다가 5층에서 내렸다. 카메라가 엘리베이터의 5층을 클로즈업했다.

　서양인들은 복도를 걸어가서 곧 어느 사무실 문 앞에 멈췄고, 카메라가 사무실 위의 팻말을 클로즈업했다.

[新明商會]

　"일본 국수청년동맹의 도쿄 신주쿠 사무실입니다."

　차동혁의 설명에 태수는 놀라서 그를 쳐다보았다.

　"계속 보세요."

　태수 옆에 앉은 민영과 티루네시도 고개를 디밀고 휴대폰을 주시했다.

　문 앞의 서양인들이 양복 안주머니에서 일제히 권총을 뽑았고 차동혁이 설명했다.

　"소음기가 장착된 권총입니다."

　그다음에 서양인들이 어깨로 냅다 부딪쳐서 문을 박살 내면서 안으로 진입했다.

그리고는 사무실 안에 있던 모든 사람을 닥치는 대로 권총으로 쏴서 사살하는 장면이 이어졌다.

　너무 끔찍한 장면에 민영과 티루네시는 질겁을 하고 외면했지만 태수는 놀란 얼굴로 눈을 부릅뜨고 화면을 쏘아보았다.

　서양인들은 뭐라고 외치면서 권총을 난사했는데 러시아어였다. 그들은 채 1분도 안 되는 짧은 시간에 사무실 안에 있던 일본인 12명을 모두 살해하고 유유히 건물을 빠져나갔다.

　"러시아 마피아입니다. 제 생각에는 일본 우익 국수청년동맹이 쇼부코바를 이용해서 태수 씨를 테러한 것에 대한 복수인 것 같습니다."

　"복수라고요? 그런데 이건……."

　태수는 너무 엄청나고 끔찍해서 말을 잇지 못했다.

　차동혁은 태수로부터 휴대폰을 건네받으면서 설명했다.

　"이것 때문에 일본이 발칵 뒤집어졌습니다."

　"러시아인들은요?"

　"한 명도 체포되지 않았습니다. 아마도 사건 즉시 일본을 빠져나간 것 같습니다. 그 이후에 유튜브에 이 동영상을 올렸겠지요."

　"그렇군요."

　신성해야 할 마라톤이 일부 과격한 사람들 때문에 피바람이 불고 국가와 국가 간에 얼굴을 붉히는 일로 비화했다는 사실에 태수는 마음이 무거워졌다.

*   *   *

"감독님, 동마 뛰겠습니다."

"왜?"

태수가 불쑥 선언하듯이 말하자 심윤복 감독은 어이없다는 표정을 지었다.

도쿄마라톤대회에서 부산으로 돌아온 지 이틀밖에 되지 않았는데 태수가 전혀 예상하지 않았던 선언을 한 것이다.

T&L스카이타워 꼭대기 층 헬스클럽 휴게실에는 태수와 티루네시, 마레, 윤미소, 그리고 심윤복 감독과 닥터 나순덕이 모여서 커피를 마시고 있었다.

신나라는 도쿄마라톤대회가 끝난 후에 오사카의 부모님 집으로 갔고, 손주열은 귀국하자마자 휴가를 받아서 집이 있는 광주로 갔다.

심윤복 감독과 닥터 나순덕은 올해 3월 20일에 결혼식 준비 때문에 오늘 휴가를 떠날 예정이고, 티루네시와 마레는 에티오피아에 가지 않고 남았다.

동마, 즉 서울에서 개최하는 서울국제동아마라톤대회에 태수가 참가하겠다는 말에 모두 적잖이 놀랐다.

태수는 매우 진지하게 자신의 의견을 밝혔다.

"기록을 내 나라에서 세우고 싶습니다."

"기록?"

"동마 코스는 베를린만큼 좋습니다. 잠실대교 올라가는 언덕이 딱 하나 있는데 아주 짧고 완만합니다. 기록을 경신하기는 최적입니다."

심윤복 감독은 놀라는 와중에도 긴장했다.

"그저께 세계기록을 경신했는데 또 경신하겠다는 말이냐?"

"세계기록은 깨기 위해서 존재하는 거라고 감독님이 말씀하셨잖습니까?"

"그건 그렇다만……."

태수는 다 식은 커피를 한 모금 마시고 내려놓았다.

"남의 나라가 아닌 우리나라 대한민국에서 기록을 세우고 싶습니다."

"흠. 네가 동마에서 세계기록을 경신하면 당연히 대한민국의 위상이 높아지겠지. 어쩌면 그 덕분에 동마가 세계메이저 대회로 부상할 수도 있겠군."

윤미소가 태수와 심윤복 감독의 대화를 통역해 주자 티루네시도 반색하며 나섰다.

"감독, 나도 뛸래요. 동마."

"감독, 나도!"

마레는 더 큰 목소리로 외쳤다.

고승연은 부산 해운대 백병원에 입원했다.

태수는 하루도 빠지지 않고 병원에 찾아가서 고승연을 문병했으며, 어떤 날은 병실에서 밤을 보내기도 했다.

태수는 동마를 대비해서 격일로 훈련을 하고 쉬었다. 훈련을 할 때는 저러다가 죽는 거 아닌가 할 정도로 혹독하게 자신을 몰아붙였으며, 쉴 때는 너무 쉰다고 생각할 만큼 만사 제쳐 놓고 휴식을 취했다.

격일제 훈련은 하루 동안 격렬하게 다루었던 근육과 체내의 내장, 장기 등 시스템을 다음 날 하루 푹 쉬게 해서 이완시켜 주는 태수만의 독특한 훈련법인데, 닥터 나순덕은 태수에겐 그보다 더 좋은 훈련법은 없을 거라고 극찬했다.

쏴아아아…….

해운대 파라다이스그랜드호텔 수영장에서 태수와 신나라, 손주열, 티루네시, 마레가 훈련을 하고 있다.

50m 레인 하나를 빌려서 5명이 일렬로 수영을 한다. 자유형과 배영, 평영, 접영을 골고루 섞어가면서 수영을 하는데 벌써 3시간째다.

원래 태수의 훈련 방법을 신나라와 손주열만 같이했었는데 이제는 티루네시와 마레도 함께하고 있다.

티루네시와 마레는 태수가 마라톤을 위해서 태어난 사람이라고 믿으며 그를 스승처럼 따른다.

뉴욕마라톤대회 이후 타라스포츠에 합류한 그녀들은 태수의 훈련법을 따라 한 결과 도쿄마라톤대회에서 예상 밖의 좋은 성적을 거두었기에 이제는 태수가 하는 거라면 밥 먹는 습관까지 따라 하려는 열성을 보였다.

윤미소는 풀장 밖에서 각자의 시간을 재고 있다. 그녀는 처음 태수가 수영을 배울 때 같이 배우겠다고 지겹게 따라다녔지만 이런 강훈련에는 끼어들 엄두를 내지 못한다. 잘못 끼었다가 시체가 돼서 나오는 수가 있기 때문이다.

현재 태수는 8.5㎞ 동안 한 번도 쉬지 않았고, 손주열과 신나라는 2번, 티루네시는 5번, 마레는 10번 넘게 쉬었다가 다시 수영에 합류했다.

보통 태수는 10㎞를 수영하는 데 약 3시간~3시간 30분이 걸리는데 한 번도 쉬지 않는다.

"푸아……."

오늘 태수는 3시간 18분 만에 10㎞를 돌고 풀장 위로 올라왔다. 엄청난 스태미나에 폐활량이다.

"헉헉헉헉……."

그는 물을 뚝뚝 흘리면서 가쁜 숨을 몰아쉬며 물안경을 머리 위로 올렸다.

"태수 넌 매일 봐도 정말 몸매 짱이다."

윤미소가 달달하고 따끈한 믹스커피가 담긴 종이컵을 내밀면서 가늘게 뜬 눈으로 앙큼한 표정을 지으며 태수의 몸매를 훑었다.

날이 갈수록 다비드상처럼 완벽한 몸매가 되어가고 있는 태수는 커피를 쥐고 의자에 앉아 너스레를 떨었다.

"나한테 반하면 약도 없다."

"흥! 나 애인 있다."

태수는 커피를 마시면서 반색했다.

"그거 잘됐다."

윤미소는 태수가 잘됐다라고만 하고 별말이 없자 어이없는 표정을 지었다.

"그게 끝이야? 안 궁금해?"

"어… 궁금해."

궁금하다면서 태수는 조금도 궁금하지 않은 표정이다.

태수가 일어서자 윤미소가 의아한 표정을 지었다.

"훈련 그만할 거야? 요즘 수영은 20㎞ 했었잖아?"

도쿄마라톤대회에서 돌아온 이후 3일에 한 번 수영훈련을 할 때면 태수는 20㎞씩 했었다.

신나라 등은 10㎞를 수영하는데 10번 이상 쉬면서 해도 4시간 이상 걸린다.

"오늘 승연이 퇴원한다."

"아… 그렇구나. 한잔해야겠네?"

"미소 네가 준비해라."

"알았어."

T&L스카이타워 일 층 상가 감자탕과 삼겹살집을 하는 트리플맨에 태수 군단과 가까운 사람들이 모두 모였다.

특히 MBC 차동혁 기자, 그리고 조영기 옆에는 혜원의 고모 수현이 앉아 있다.

최고 연장자인 조영기가 건배제창을 했다. 그는 소맥잔을 높이 들고 자랑스러운 표정으로 외쳤다.

"대한민국의 영웅! 마라톤의 영웅! 우리들의 영웅! 트리플 영웅 태수의 끝없는 도전을 위하여!"

태수 군단뿐만 아니라 식당 내 빈자리 없이 가득 메운 손님들도 모두들 잔을 들고 대기하고 있다가 일제히 잔을 높이 들면서 외쳤다.

"위하여! 위하여! 위하여! 야아!"

태수 군단과 손님들 최소 100여 명 이상이 단숨에 술잔을 비우고 나서 와아아! 함성과 함께 박수를 쳤다.

"태수, 한마디 해라."

"네, 큰형님."

조영기의 말에 태수가 자리에서 일어나 옷매무새를 가다듬고 좌중을 둘러보았다.

"감사합니다, 여러분. 이 자리를 빌어서 한 가지 밝힐 것이 있습니다."

무슨 중요한 말을 하나 싶어서 모두들 조용히 태수의 다음 말을 기다렸다.

태수는 자기 옆에 등받이 앉은뱅이 의자에 앉아 있는 아직 몸이 불편한 고승연을 가리켰다.

"여기 있는 고승연은 이번 일본에서 제 목숨을 구한 것까지 해서 3번이나 절 다시 태어나게 해주었습니다."

손님들이 아아! 탄성을 터뜨리면서 고승연을 보려고 우르르 일어났다가 와르르 박수를 쳤다.

고승연은 태수의 갑작스런 행동에 어쩔 줄 모르고 얼굴이 빨개져서 고개를 숙였다.

태수의 말이 이어졌다.

"고승연은 여기 이 식당 트리플맨 사장님의 큰딸입니다. 그리고 저에겐 여동생이나 다름이 없습니다. 그러니 이곳 트리플맨 많이 이용해 주십시오."

그러고는 꾸벅 허리를 굽혔다.

태수가 뭐 대단한 것이나 발표하나 싶어서 잔뜩 기대했던 사람들은 와아! 하고 웃음을 터뜨렸다.

그러고는 이 사실을 널리 알려서 식당 트리플맨을 홍보하 겠다느니, 매일 출근도장을 찍겠다는 사람도 있고, 죽을 때까 지 단골로 삼겠다고 맹세하는 사람도 나왔다.

"저희 MBC에서 태수 씨 다큐멘터리를 5부작으로 제작하 는 거 알고 있죠?"

태수가 고개를 끄떡이자 차동혁이 다시 말을 이었다.

"지난번 태수 씨 도쿄마라톤 경기 장면을 MBC 모터바이크 가 촬영했었는데요. 다큐멘터리를 제작하느라 살펴보는 과정 에 뜻밖에 이런 게 나왔습니다."

차동혁이 노트북을 태수 앞에 펼쳐 놓았다.

"30km 지점 조금 못 미친 곳에서 찍은 겁니다."

차동혁이 노트북의 동영상을 작동시켰고, 태수를 비롯하여 사람들은 그의 주위로 모여들어 화면을 뚫어지게 주시했다.

도쿄마라톤대회에서 태수가 29km에서 30km로 달리는 약 2분 50초 동안의 모습을 MBC 모터바이크가 여러 각도에서 촬영한 장면이다.

그리고 태수가 달리는 모습을 뒤에서 잡은 동영상이 나왔 다.

아스팔트를 박차고 경쾌하게 달리는 늘씬한 근육질의 다리를 구경하느라 사람들은 화면에서 눈을 떼지 못했다.

"발견 못 했죠?"

슥—

태수가 30㎞ 급수대로 향하는 장면에서 차동혁이 화면을 정지시키며 말했다.

태수는 물론 사람들은 태수의 달리는 모습만 봤을 뿐이지 이상한 점을 발견하지 못했다.

차동혁은 태수가 달리는 모습을 뒤에서 촬영한 장면을 노트북을 조금 조작해서 확대시키더니 이번에는 슬로우로 작동시켰다.

"잘 보십시오."

고요한 침묵이 흐르다가 누군가 낮은 탄성을 터뜨렸다.

"아……."

눈이 매운 고승연이다. 그녀는 화면으로 얼굴을 가까이 하면서 손으로 한곳을 짚었다.

"여기 좀 더 확대해서 다시 한 번 슬로우로 보여주세요."

차동혁이 노트북을 조작해서 이번에는 매우 큰 화면으로 슬로우로 작동했다.

"여기! 멈춰요!"

고승연의 목소리가 날카롭게 높아졌다.

차동혁이 화면을 정지시킨 후에 사람들은 놀란 얼굴로 탄성을 터뜨렸다.

"아아……."

"저게 뭐야? 벌인가?"

"맙소사! 총알 같은데?"

화면에는 오른쪽에서 수평으로 날아와 태수의 오른쪽 허벅지에 맞기 직전인 새끼손톱 크기의 검고 동그란 물체가 나타나 있었다.

차동혁이 그 물체를 더 크게 확대했다.

"총알은 아니고 비비탄 같습니다. 비비탄은 원래 흰색이 주종인데 이건 검게 칠하거나 특수한 종류인 것 같아요."

"비비탄!"

"그거 장난감 총이잖아요?"

차동혁이 다시 화면을 슬로우로 작동시키자 확대된 물체, 즉 비비탄이 태수 허벅지에 맞고 튕겨 나가는 장면이 나왔다.

태수와 측근들은 나순덕을 쳐다보았다. 일전에 태수가 도쿄마라톤대회에서 1위로 골인한 후에 그의 햄스트링 뒤쪽 상처를 살펴본 나순덕이 비비탄에 맞은 것 같다고 정확하게 짚었기 때문이다.

차동혁이 화면을 정상적으로, 그리고 확대해서 몇 차례 더 보여준 뒤에는 모두들 태수 햄스트링 뒤쪽에 비비탄이 날아와서 맞은 게 분명하다고 확신했다.

"어떻게 할 겁니까?"

태수의 물음에 차동혁은 단호한 표정으로 대답했다.

"당연히 문제 삼아야지요. 이건 절대로 그냥 넘어갈 수 없는 일입니다. 세계메이저마라톤대회에서 1위로 달리고 있는 선수에게 비비탄을 쏘다니요. 그런 형편없는 국민성이 어디 있습니까. 이런 일은 전무후무합니다."

그때 심각한 표정으로 가만히 있던 심윤복 감독이 말문을 열었다.

"밝힐 게 하나 있습니다."

심윤복 감독은 모두의 시선을 받으며 말을 이었다.

"얼마 전에 일본 도쿄의 한 마라톤 동호회 마스터즈회원이라는 사람으로부터 작은 소포 하나를 받았습니다."

태수 등은 처음 듣는 얘기다.

"편지도 들어 있었는데, 다카키라고 자신의 이름을 밝힌 그 사람은 도쿄마라톤대회 당시 29.8㎞ 지점에서 태수를 촬영하고 있었답니다."

심윤복 감독의 설명은 이렇다. 45세의 회사원인 다카키는 마라톤 현 세계챔피언이며 세계기록 보유자인 윈드 마스터 한태수를 몹시 존경하는데, 그날 29.8㎞ 지점에서 태수를 촬영하던 중에 이상한 장면을 목격했다고 한다.

뭔가 반짝이는 물체가 날아와서 달리고 있는 태수의 허벅지 뒤쪽에 맞았는데, 그날 그 자리에서 몇 번이나 화면을 확대하고 슬로우로 되짚어서 보고는 태수가 비비탄에 맞았다는 사실을 확신했다.

그래서 선수들이 다 지나가고 난 후에 도로에 나가서 살펴본 결과 바닥에 떨어져 있는 비비탄 하나를 발견해서 그걸 종이에 싸서 집에 돌아갔다.

다카키는 다음 날 회사에 출근을 해서도 하루 종일 그 일 때문에 고민했다고 한다. 그 일을 밝히면 일본에 피해를 입히게 된다는 애국심과, 공정해야 할 마라톤 경기 중에 벌어진 그따위 말도 안 되는 일은 세상에 밝혀서 다시는 그런 일이 없도록 경종을 울려야 한다는 정의감 사이에서의 고민이었다는 것이다.

결국 다카키는 고심 끝에 후자를 결심했으며 자신이 찾아낸 비비탄과 그 장면을 촬영한 칩을 편지와 함께 타라스포츠 심윤복 감독에게 보내기에 이르렀다.

심윤복 감독의 설명을 모두 듣고 난 사람들은 몹시 분노하면서도 일본인 다카키의 정의감에 찬사를 보냈다.

차동혁이 심각한 표정으로 심윤복 감독에게 말했다.

"감독님께서 이 사건을 정식으로 대한민국 경찰에 고소하고 다카키 씨가 보낸 비비탄과 칩을 증거로 제시하십시오. 그래서 국과수에서 비비탄을 정밀 조사하여 거기에 약간이라도 묻어 있는 피부 조직이 태수 씨의 것과 동일하다고 밝혀진다면 그걸로 일본은 끝장입니다."

윤미소가 치가 떨린다는 듯 얼굴을 찌푸렸다.

"자기 나라 마라톤대회에 참가한 우승후보를 죽이려고 잔인한 테러를 가하질 않나, 주로에서 선수에게 장난감 총을 쏘지 않나. 정말 일본인들은 어쩔 수 없는 열등 민족이군요!"

차동혁이 고개를 끄떡였다.

"태수 씨 테러사건과 비비탄 총격사건을 한데 묶어서 대대적으로 때리면 IAAF에서 가만히 있지 않을 겁니다."

사실 태수의 테러사건 배후를 일본 경찰과 도쿄마라톤대회 주최 측이 은폐하려고 했을 때 IAAF는 이미 일본에 정나미가 떨어져서 도쿄마라톤대회의 골드라벨을 회수하겠다고 언급한 적이 있었다.

"이거 전화위복이 될 수도 있겠는데요?"

차동혁이 회심의 미소를 지으며 눈을 빛냈다.

"IAAF가 도쿄마라톤대회의 골드라벨을 회수하는 사태가 벌어지면 자연적으로 세계6대메이저마라톤대회에서도 탈락될 겁니다. 그런데 만약 태수 씨가 이번 동마에서 세계기록을 또다시 경신한다면……."

윤미소가 흥분한 목소리로 차동혁의 말을 이었다.

"동마는 골드라벨이니까 도쿄 대신 세계6대메이저마라톤대회에 진입할 수도 있겠네요?"

"그렇습니다. 단, 이번 동마에서 태수 씨가 세계기록을 경신해야만 가능할 겁니다."

심윤복 감독이 보충 설명을 했다.

"동마는 모든 조건을 갖추었지만 세계메이저대회로는 두 가지 사항이 미비했지. 하나는 기록이고 나머지 하나는 출전 선수들이 세계정상급이 아니라는 사실이었지."

심윤복 감독은 태수를 쳐다보았다.

"태수가 이번 동마에 참가한다고 대대적으로 발표하면 태수의 라이벌이자 친구들도 참가할 가능성이 크다. 그러면 한 가지 조건은 충족되겠지. 나머지 세계기록 경신은 태수가 해내야겠지만."

태수는 고개를 끄떡였다.

"제가 베켈레나 키메토, 무타이 등에게 연락을 해보겠습니다. 거절하지는 않겠지요."

지금까지 상황을 계속해서 윤미소에게 통역을 듣고 있던 티루네시가 서툰 한국어로 더듬거렸다.

"그러면… 뇨자들은… 나한테 마켜봐."

그때 일 때문에 늦게 도착한 민영이 방으로 올라오면서 명랑하게 웃었다.

"왜? 뇨자들이 부족해요? 그래서 내가 왔잖아요. 하하하!"

차동혁은 태수의 5부작 다큐멘터리 일로 급히 떠나고 태수 일행은 2차를 가기로 했다.

윤미소가 앞장서서 일행을 T&L스카이타워 바로 앞에 있는 요트장으로 데리고 갔다.

"아하하! 오빠가 미리 준비했구나?"

태수에게 요트를 사주었던 민영은 그의 팔짱을 끼고 걸으며 짤랑짤랑 웃었다. 그녀는 태수가 요트에 2차를 준비했을 거라고 생각한 모양이다.

태수 군단은 태수가 베를린마라톤대회가 끝난 후에 바바리아사의 요트를 베를린 슈프레강에서 직접 인수한 사실을 다 알고 있지만 티루네시와 마레, 조영기, 박형준, 그리고 수현은 전혀 모르고 있다.

요트장은 불이 환하게 밝혀져 있으며, 태수가 온다고 관리인이 직접 마중을 나왔다.

"다 됐나요?"

"출장 요리사들이 만반의 준비를 다 마치고 오시기만 기다리고 있습니다. 요트는 정비는 물론 기름도 만탱크니까 즉시 출발하시면 됩니다."

윤미소의 물음에 관리인은 태수의 요트를 향해 앞장서 걸으면서 대답했다.

"야아~ 오랜만이네, 우리 똘똘이!"

민영은 태수의 바바리아 크루저59를 단번에 알아보고 그 앞으로 달려가 요트를 쓰다듬었다.

요트장으로 올 때부터 흥분했던 조영기가 민영이 옆으로 다가가서 크루저59를 살펴보다가 선수 옆 부분에 'TWRM. wind master'라고 적힌 선명(船名)을 보더니 감탄하는 표정을 만면에 지었다.

"야아! 이거 태수 거니?"

"네, 형님."

"바바리아 크루저59. 말로만 들었는데 정말 근사하구나."

조영기의 취미는 딱 두 개다. 철인3종경기와 요트세일링이다. 그렇지만 그는 아직 요트가 없다.

가격이 만만치 않아서 중고 요트를 사려고 하는데 눈이 높은 덕분에 마음에 드는 건 너무 비싸고, 또 싼 요트는 너무 후져서 마음에 들지 않았다.

몹시 흥분한 조영기는 눈을 반짝이면서 크루저59에서 눈을 떼지 못했다.

"길이 18m, 무게 15톤, 흘수 2.3m, 22인승, 볼보엔진 130마력, 침실 7개, 화장실 3, 욕실 3, 응접실, 주방, 창고, 격실 벽 등이 갖춰져 있으며, 평균 항해 속도 9노트, 가격 5억 3천만

원, 격실 벽, 즉 이중벽으로 되어 있는 덕분에 불침선(不沈船), 침몰하지 않는 요트라고도 불리지. 햐아… 태수야, 이건 정말 꿈의 요트다."

그는 크루저59의 재원에 대해서 줄줄 외우고 있다. 태수는 조영기가 이렇게 흥분하는 모습을 처음 본다.

"이런 거 있으면 당장 세계 일주 떠나겠다."

"언제든지 큰형님 편하실 때 사용하십시오."

"엉?"

태수가 빙그레 미소 지으며 말하자 조영기는 한 대 얻어맞은 표정을 지었다.

태수는 관리인에게 조영기를 가리키며 말했다.

"이제부터 저분이 이 요트 주인입니다. 잘 봐두셨다가 저분이 언제라도 오시면 모든 서비스를 아끼지 마세요."

"알겠습니다."

관리인이 넙죽 고개를 숙였다.

"야… 야… 태수야."

"하하하! 물론 실제 주인은 접니다만 큰형님께선 세컨드오너라 이거죠."

바바리아 크루저59 정도 규모의 요트는 요트 계류장에 상시 정박하는 계류비와 정비, 관리, 유지비 등을 모두 포함하면 최소한 월 300만 원 정도 줘야 하기 때문에 퇴직한 조용기로

서는 벅찰 것이다.

그래서 태수는 요트 주인 명의만 자신이 갖고 있으면서 조영기가 아무 때나 마음대로 요트를 사용하도록 하려는 것이다. 말하자면 실제 주인은 조영기인 셈이다.

크루저59를 조영기에게 주려는 것은 태수가 지금 즉흥적으로 떠올린 생각이 아니다.

그는 조영기에게 많은 도움을 받았기 때문에 언제라도 기회가 생기면 은혜를 갚을 생각이었다.

그러던 차에 우연히 박형준을 통해서 조영기가 요트를 매우 좋아하면서도 경제적 형편이 여의치 않아서 선뜻 요트를 사지 못한다는 사실을 알고는 크루저59를 그에게 주기로 마음먹었고, 그래서 오늘 술자리 2차를 요트에서 하기로 계획한 것이다.

태수의 꿈 역시 멋진 요트를 갖는 것이고, 거기에 사랑하는 혜원을 태우고 정처 없이 오대양을 맘껏 누비고 싶지만 지금은 마라톤에 매진해야 하는 처지이고 혜원은 점점 멀어지고 있으므로 그에게 있어서 바바리아 크루저59라는 멋진 요트는 그저 장식품일 뿐이다.

그런 태수의 마음을 모를 리 없는 조영기라서 울컥한 마음으로 한동안 아무 말도 하지 못하고 요트만 쓰다듬었다.

"큰형님, 요트는 바람 좋은 날에 타시고 오늘 밤에는 재미있게 노시죠."

"그, 그러자."

조영기는 태수의 어깨를 가볍게 두드렸다. 문득 그는 태수를 처음 만났던 성주참외마라톤 주로에서의 광경을 떠올리고 잠시 회상에 잠겼다.

그때 태수는 최초의 하프마라톤을 뛰고 있었으며 겉보기에도 참 보잘것없었다. 달리는 자세나 모습이 하도 우스꽝스러워서 조영기가 몇 마디 충고를 했던 것이 태수와의 인연의 시작이었다.

모두들 크루저59에서 2차를 하겠거니 짐작하여 요트에 오르려고 하는데 윤미소가 크루저59를 지나쳐 그 옆에 정박해 있는 배 앞에 서서 외쳤다.

"거기가 아니라 여깁니다!"

윤미소가 가리키는 배를 쳐다보던 사람들의 눈이 화등잔처럼 커지고 입이 쩍 벌어졌다.

크루저59 옆 윤미소가 서 있는 앞에는 올려다보면 목이 아플 정도의 크고 높은 배가 빌딩처럼 버티고 있었다.

윤미소가 환하게 웃으며 배를 가리켰다.

"윈드 마스터 2호를 소개합니다!"

윤미소가 소개한 윈드 마스터 2호는 TWRM 윈드 마스터하고는 크기 자체가 달랐다.

"이거 파워요트 아닌가?"

조영기는 윈드 마스터 2호를 보면서 감탄하는 얼굴로 물었다. 주로 바람의 힘으로 항해하는 TWRM, 윈드 마스터 같은 요트를 세일링요트라 하고, 순전히 엔진의 힘으로 항해하는 요트 윈드 마스터2호를 파워요트라고 한다.

"그렇습니다."

"생김새가 세련되고 화려한 게 척 보니까 아지무트로군. 80인가?"

"아지무트100입니다."

"100피트? 호오… 굉장하군?"

"올라가시죠."

아지무트100은 34m 길이에 3층이고 12개의 침실, 5개의 욕실, 3개의 실내 응접실과 3개의 실외 테라스, 소규모 미니시어터, 헬스장, 미니 풀장, 룸 바, 태닝을 할 수 있는 시설 등을 두루 갖추고 있는 슈퍼요트다.

태수 일행은 동백섬 앞바다에 아지무트100의 닻을 내리고 선상에서 바비큐파티를 했다.

모두들 3월 13일에 개최되는 동마에 대해서 대화했으며, 조영기는 가끔 요트 얘기를 꺼냈다.

"태수야, 아지무트100 이거 얼마 줬냐?"

"중고입니다. 인터넷 중고 요트 사이트를 뒤지다가 2012년
에 진수한 이 요트가 매물로 나왔기에 미소를 두바이에 보내
서 75억 주고 바로 구매했습니다."

"호오… 75억. 새건 얼만가?"

"120억쯤 할 겁니다."

"싸게 잘 샀다."

"그렇게 생각합니다."

태수와 조영기는 캔맥주 하나씩 들고 요트 앞쪽으로 걸어
갔다. 그곳에는 누워서 태닝을 할 수 있는 시설이 나란히 4개
있는데 두 사람은 그곳에 편안하게 앉았다.

"동마 준비는 잘돼가니?"

"열심히 하고 있습니다."

"이건 내 생각인데……."

조영기는 차가운 맥주를 한 모금 마시고 나서 말했다.

"기록에 연연하지 말고 되도록 펀런(Fun run)을 하는 게 좋
겠다."

"무슨 말씀이신지……."

"달리는 걸 즐기라는 말이다. 넌 달릴 때 즐겁냐?"

태수는 엷은 미소를 지었다.

"새벽에 조깅을 하러 나갈 때는 상쾌하고 또 즐거운 마음
인데 훈련에 돌입하면 즐거움이 사라집니다. 오히려 괴롭습니

다. 그리고 마라톤대회에 나가면 고통스럽습니다. 마의 벽에 빠졌을 땐 포기하고 싶었던 적도 있었습니다."

태수는 조영기에게만은 솔직하게 말하고 싶었다.

"그럼 달릴 때 넌 무슨 생각 하니?"

"우승해야겠다는 생각만 합니다."

조영기는 안쓰럽다는 듯 혀를 찼다.

"쯧쯧쯧… 마라톤 세계 신기록을 경신한다는 게 결코 쉬운 일이 아니구나."

그는 캔맥주를 태수 캔에 슬쩍 부딪치고 나서 마셨다.

"크으… 내 경우에는 말이다, 기록을 1분이라도 당기려고 발버둥을 치면 칠수록 오히려 역효과가 나더라 그거야. 그런데 말이야? 이번에는 그냥 편하게 즐기면서 달리자 하고 마음먹으면 꼭 기록이 당겨지더라구. 1분도 아니고 3분 5분씩 팍팍 말이야. 웃기는 얘기 아니냐?"

말하고 나서 그는 머쓱하게 웃었다.

"하하하! 하긴 나야 풀코스를 3시간 10분 20분대에서 오락가락하니까 기록이라고 말할 것도 없지."

조영기는 고개를 끄떡이는 태수를 보면서 말했다.

"학교 다닐 때 말이야, 하기 싫은 공부를 시켜서 억지로 하는 거와 재미있어서 스스로 열심히 하는 것하고 어떤 게 효율적이겠느냐?"

"그야 후자죠."

태수는 입으로는 대수롭지 않은 것처럼 대답했지만 머릿속에서는 작은 폭죽 같은 게 터졌다. 깨달음이다.

그는 지금까지 마라톤이 재미있다고 생각해 본 적이 한 번도, 그리고 한순간도 없었다.

그저 이것이 내게 새로 주어진 직업이고 사명이겠거니 생각하고 거기에 전념했을 뿐이다.

조영기의 공부에 대한 비유는 정말 적절했다. 하기 싫은 공부를 억지로 하는 것과 공부가 재미있어서 누가 시키기도 전에 스스로 열심히 하는 것의 차이.

'즐기면서 달리는 것이라……'

태수는 조영기의 이른바 '펀런'에 대해서 곰곰이 생각했다.

그러다가 문득 태수는 수현이 생각났다.

"그런데 고모님께선 어떻게 되신 겁니까?"

"응. 우리 집에서 지내고 있다."

조영기는 빙그레 미소 지었다.

"아내하고 언니 동생하면서 얼마나 잘 지내는지… 허허!"

"네에."

"미월드라고 아니?"

"잘 모릅니다."

"왜 우리 아파트 옆에 폐장한 놀이공원 있잖아."

"아… 본 적이 있습니다."

주위에 아파트들이 많이 들어서면서 문을 닫은 롯데캐슬자이언트 근처의 놀이동산을 말하는 것이다.

"흠. 그게 매물로 나왔는데……."

원래 미월드가 있는 장소는 주변에 수변공원밖에 없는 한적한 곳이었는데, 차츰 아파트 단지가 하나둘씩 들어서면서 시끄럽다고 계속 민원이 쏟아지는 바람에 폐장을 할 수밖에 없게 되었단다.

미월드는 곧 매물로 내놓았는데 배후에 산을 끼고 있는데다 꼭 놀이시설을 해야만 한다는 조건, 그리고 엄청나게 큰 덩치 때문에 땅이 팔리지 않아서 계속 빚만 늘어가는 애물단지로 전락했다.

막바지에 몰린 미월드 측이 부산시에 처음 약속했던 것하고는 달리 주변에 아파트 허가를 내주면 어떻게 하느냐고 항의를 하자 부산시는 미월드가 살아날 수 있는 방법을 제시해주었다.

즉, 토지용도변경을 해준 것이다. 그래서 미월드 부지에 호텔을 지을 수 있게 되었는데, 워낙 덩치가 크다 보니까 사려는 사람이 쉽게 나서지 않았다.

"수현은 여러 전문가에게 자문을 구했으며 결론은 미월드에 호텔을 건축하면 대박이 난다는 거야. 그래서 이리저리 투

자자를 알아보러 다니고 있지."

조영기는 고개를 절레절레 흔들었다.

"나한테 말은 안 하는데 어려운가 보더라. 한두 푼도 아니고 투자자가 쉽게 나서겠니? 그래서 요샌 그 계획을 접으려는 것 같더라."

"네."

태수는 그저 건성으로 듣는 것 같았다.

*   *   *

동마, 즉 서울국제동아마라톤대회를 주최하는 동아일보사로서는 경사도 이런 경사가 없다.

동마는 춘마와 더불어서 대한민국에 단 2개 있는 골드라벨 마라톤대회지만 세계마라톤계에서 언제나 변방 신세를 벗어나지 못했었다.

언제나 두 가지 부족 현상 때문이었다. 기록과 선수. 동마는 마라톤 풀코스 2시간 6~7분대를 전전하다가 2012년에 드디어 케냐의 윌슨 로야나 에루페가 2시간 5분 37초로 대회 신기록을 세우면서 5분대에 진입했다.

하지만 그게 전부다. 이후 기록은 다시 2시간 6~7분대로 후퇴했으며, 참가하는 선수들은 케냐와 에티오피아가 주축이기는 하지만 세계정상급이 아닌 2류들이었다.

그런데 이번 2016년 대회에는 천재지변이 일어났다. 현 세계기록 보유자이며 세계챔피언이고, WMM 우승자인 트리플맨 윈드 마스터 한태수가 동마에 참가하겠다고 먼저 연락을 해온 것이다.

뿐만 아니라 태수가 동마에 참가하겠다는 의사를 밝힌 직후에 마라톤 세계최정상급 선수들이 줄줄이 동마에 참가 신청이나 참가 문의가 말 그대로 빗발쳤다.

이름만 들으면 절로 고개가 끄떡여지는 키메토, 무타이, 마카우, 킵상, 베켈레, 케베데, 데시사, 네게세, 키프로티치, 킵초게, 춤바, 키루이 등 그들 모두 참가한다면 동마는 말 그대로 별들의 잔치가 될 것이다.

그뿐만이 아니다. 태수 군단에 속해 있는 현 마라톤 세계 1인자인 티루네시 디바바와 2인자 신나라, 3인자 마레 디바바, 그리고 언제든지 세계기록을 경신할 수 있는 능력의 소유자인 릴리아 쇼부코바도 동마에 참가 문의를 해왔다.

이렇듯이 현 마라톤 세계최정상급 남녀 선수들이 동마에 총출동한다는 소문이 퍼지자 2시간 5분~8분대 정상급 선수 50여 명이 무더기로 참가 신청을 하는 후폭풍이 몰아쳤다.

그게 다가 아니다. 은퇴한 전 남녀 세계챔피언 에티오피아의 하일레 게브르셀라시에와 영국의 폴라 래드클리프가 우정 참가를 하겠다고 연락해 왔다.

더구나 일본에서도 이마이 마사토를 필두로 니시무라 겐지와 심지어 무사시노 기무라까지, 그리고 일본 여자 마라톤의 전설인 다카하시 나오코가 일본 여자 선수들을 대거 이끌고 참가하겠다는 의사를 밝혔다.

원래 세계6대메이저마라톤대회는 참가접수를 받기 시작하면 길어야 3~4일 안에 인원 초과로 마감이 된다. 그러고는 추첨을 하거나 까다로운 심사를 통해서 아마추어와 마스터즈들을 선발한다.

더구나 세계6대메이저마라톤대회의 참가비는 적게는 15만 원에서 많게는 40만 원 이상이다.

그런데 춘마와 동마는 그동안 줄곧 참가비 4만 원에 푸짐한 기념품까지 주다가 2015년부터 5만 원으로 인상을 했는데 그마저도 비싸다고 원성이 자자했다.

더구나 세계6대메이저마라톤대회하고는 달리 춘마와 동마는 참가자 2만 5천 명을 채우는 데 보통 4~5달이 지나서도 미달이 될 만큼 국민들에게 외면을 받아왔었다.

그런데 2016년 동마에 윈드 마스터 한태수와 세계최정상급 선수 수십 명이 참가한다는 소식이 전해진 날로부터 동마 참가인원 2만 5천 명이 5일 만에 꽉 찼다.

그러고서도 미처 참가 신청을 하지 못한 사람들이 인원을 더

늘리라는 요구가 폭주하자 동아일보사 측은 공동주최 측인 서울시와 대한육상경기연맹과 의논하여 결국 참가인원을 4만 명으로 대폭 늘렸다. 그런데 그마저도 하루 만에 마감되는 기염을 토했다.

제37장
마라톤 개벽

2016년 3월 13일. 전 세계의 이목이 대한민국 서울 광화문에 집중되었다.

오늘이 바로 동마, 즉 서울국제동아마라톤대회가 개최되는 날이기 때문이다.

2016년 동마에 기적이 일어났다. 3월 13일 오전 7시, 광화문 이순신 장군 동상 앞에는 일찍이 없었던 굉장한 광경이 벌어지고 있었다.

이번 동마는 세계6대메이저마라톤대회보다 규모나 엘리트 선수들의 수와 질적인 면에서 비교가 되지 않을 정도로 어마어마하다.

믿어지지 않겠지만 현 마라톤 세계챔피언 한태수를 비롯하여 2시간 2분~4분대의 세계최정상급 마라토너 17명이 동마에 참가했다.

그리고 2시간 4분~7분까지 정상급 마라토너는 36명, 7분~10분까지 2류로 구분되는 선수도 87명이나 모여들었다. 그 이하의 기록을 지닌 선수들은 말할 것도 없다.

여자 마라토너는 더 난리다. 쇼부코바와 티루네시를 비롯하여 2시간 17분~20분까지의 소위 최정상급이라고 할 수 있는 선수는 전 세계에 14명뿐인데 13명이 참가했다. 나머지 한 명은 참가 신청을 해놓고는 불의의 교통사고로 부상을 당하는 바람에 아쉽게 불참한 경우다.

그리고 2시간 20분~25분까지 세계정상급이라고 할 수 있는 여자 선수가 28명, 25분~30분까지 여자 선수가 35명이나 참가했다.

광화문 세종문화회관 앞 스타트라인 맨 앞줄에는 태수와 손주열, 신나라를 비롯한 대한민국 엘리트 선수 65명과 전 세계에서 모여든 남녀 엘리트 선수가 무려 216명, 도합 281명이 모여서 몸을 풀고 있다.

예년 같으면 동마에 엘리트 선수 남녀, 그것도 국내 합쳐서 고작 40여 명 남짓 참가했었는데 이번 대회는 그보다 7배나 많은 수다.

그 뒤로 일정한 거리를 두고 마스터즈 참가자들이 A그룹부터 O그룹까지 15개 그룹으로 나뉘어서 길게 늘어서 있다.

이것 역시 예년에는 한 그룹에 2,500~2,600명씩 8~9개였는데 올해는 15개 그룹 4만여 명이다. 한마디로 어마어마하다.

취재진은 또 어떤가. 한중일을 비롯한 아시아에서 7개국이, 유럽은 거의 모든 나라가 다 취재진을 보냈으며, 북중미와 남미에서는 8개국이 취재진을 파견했다.

세계6대메이저마라톤대회 중에서 가장 규모가 크다고 자랑하는 뉴욕마라톤대회라고 해도 엘리트 선수와 취재진의 수에서 동마의 절반에도 미치지 못했다.

태수는 세종문화회관 광장에서 태수 군단과 조깅을 하면서 몸을 풀고 있다.

대회에 참가할 때마다 태수 컨디션은 좋았지만 오늘은 최고의 컨디션이다.

격일제 훈련이 주효한 덕분이다. 덕분에 태수 군단 모두 얼굴에 생기가 돌고 이번 동마에서 뭔가 하나 크게 터뜨릴 것 같은 분위기가 팽배했다.

"태수."

나란히 뛰고 있는 티루네시가 조용히 태수를 불렀다.

"나 오늘 컨디션 너무 좋아. 기록 깰 거 같아."

티루네시와 마레는 얼마 전에 대한민국에 귀화 신청을 해놓은 상태고 별일이 없는 한 승인될 것이라는 관계자의 언질이 있었다.

"예전에는 이런 컨디션 느껴본 적이 없었어. 태수하고 훈련한 것과 테이퍼링한 거 최고였어."

"아까도 말했지만 이번에는 스타트부터 이븐 페이스로 가. 알았지, 티루네시?"

"알았어. 3분 12초지?"

"그래."

태수는 멈춰서 두 손으로 티루네시의 양쪽 어깨를 잡고 부드러운 목소리로 말했다.

"무리할 필요 없어. 스타트부터 ㎞당 3분 12초만 유지하다가 피니시 2㎞ 남겨두고 스퍼트하면 티루네시는 여자 마라톤 역사를 새로 쓰게 될 거야."

그 작전을 위해서 태수는 새벽에 수영강변에서 본격적으로 훈련에 들어가기 전에 항상 티루네시와 조깅을 하면서 2시간 동안 ㎞당 3분 12초의 속도로 달렸었다. 티루네시에게 3분 12초의 속도감을 충분히 몸에 배게 해주려는 태수의 배려였다.

격일제 훈련이라서 휴식날에는 쉬지만 그래도 새벽 조깅만은 빠뜨리지 않았다. 티루네시와 신나라, 마레를 위해서였다.

이번 대회에서 태수 군단의 세 여자는 각기 목표 시간이 조금씩 다르다.

테루네시는 2시간 15분대 초반에 골인하여 여자 마라톤 세계기록을 경신하겠다는 목표를 정했다.

그리고 신나라와 마레는 똑같이 2시간 16분으로 목표를 잡아 자신들 기록을 1분 당기는 것이다. 그렇게만 되면 타라스포츠 마라톤팀 남녀가 마라톤 세계기록을 다 보유하게 되는 엄청난 사건이 벌어진다.

"우리 매일 새벽마다 3분 12초 페이스에 맞춰서 뛰었기 때문에 몸에 익었잖아. 그대로만 뛰면 돼, 티루네시."

티루네시는 얼굴이 조금 굳었다.

"태수하고 같이 뛰지 않는다고 생각하니까 불안해."

뉴욕과 도쿄에서도 티루네시는 스타트해서 줄곧 태수하고 일정한 거리를 나란히 달렸었고 그 덕분에 기대 이상의 좋은 성적을 낼 수 있었다.

"나하고 같이 뛰잖아."

"어째서?"

"티루네시, 나도 다 알고 있어."

태수가 슬쩍 티루네시의 비키니 같은 짧은 팬츠를 내려다보자 그녀는 그제야 활짝 미소 지었다.

"아, 그렇지? 깜빡 잊고 있었어."

티루네시는 지금 팬츠 속에다 태수가 입다가 벗어놓은 삼각 팬티를 입고 있다.

그것은 마레도 마찬가지다. 아마도 신나라가 말도 안 되는 '좋아하는 사람이 입었던 팬티 부적의 힘'에 대해서 티루네시와 마레한테 과대광고를 한 게 분명했다.

팬티를 내준 건 태수가 아니다. 벗어서 빨래바구니에 던져 놓은 것을 그녀들이 제멋대로 찾아서 입은 것이고, 윤미소가 알려줘서 태수는 나중에 알게 되었다.

"태수."

티루네시는 묘한 눈빛을 흘리면서 턱을 들어 올리며 태수 가까이 얼굴을 가져갔다.

"기분이 이상해."

"뭐가……."

"내 안에 태수가 있는 거 같아."

"그, 그런… 터무니없는……."

"하하하하!"

태수가 당황하자 티루네시는 깔깔 웃으면서 좀 전에 달려가던 방향으로 달려갔다.

7시 30분이 되었을 때 모든 엘리트 선수는 스타트라인으로 모이라는 사회자 배동성의 멘트와 통역이 흘러나왔다.

보통 7시 45분쯤에 모이게 해서 주최 측의 인사말과 귀빈들의 소개 등이 이어지고 8시 정각에 스타트하는 게 지금까지의 순서였는데 15분이나 일찍 모이게 했다.

"여러분!"

스타트라인 좌측 단상의 사회자 배동성이 매우 긴장되고 흥분한 표정으로 말문을 열었다.

"대한민국 대통령이십니다!"

배동성이 외치듯 말하고 박수를 치면서 뒤돌아서는 순간 단상 옆 육군군악대가 웅장하게 연주를 시작했다.

빰빠라빰— 쿵작쿵작—

스타트라인부터 4만 명, 그리고 진행요원들과 참가자들의 스태프, 가족들까지 7만여 명이 운집해 있지만 군악대의 연주 소리 말고는 숨소리조차 새어 나오지 않고 모두들 단상을 뚫어지게 주시했다.

태수는 설마 대통령이 이처럼 이른 아침에 마라톤대회에 나올 것이라고는 꿈에도 예상하지 못했기에 잔뜩 기대하는 표정으로 단상을 쳐다보았다.

잠시 후 단상에 현직 대한민국 대통령이 모습을 나타냈다.

와아아—!

와르르르— 짝짝짝짝짝—

대통령이 미소 지으며 손을 흔들자 광화문이 들썩거릴 정도의 엄청난 함성과 박수가 터져 나왔다.

함성과 박수가 잦아들고 나서 대통령이 인사말을 하고 곧이어 배동성이 스타트라인의 태수를 굽어보았다.

"윈드 마스터 한태수 선수."

태수가 쳐다보자 배동성이 장난스러운 미소를 지었다.

"대통령께서 부르시는데 한태수 선수는 어떻게 하실 건가요? 올라오실래요? 아니면 거기 서서 대통령과 대화를 나누실 겁니까?"

태수는 총알처럼 단상으로 튀어 올라갔다.

태수가 바짝 긴장하여 꾸벅 허리를 굽힌 후에 차렷 자세로 서 있자 대통령이 미소 지으며 다가왔다.

"한태수 선수가 너무나 자랑스러워요. 이 순간 제가 대한민국 사람이라는 사실이 어느 때보다도 행복하군요."

"저, 저도 그렇습니다!"

태수가 바짝 얼어서 더듬거리며 대답하는 것을 옆에 있는 배동성이 그의 입에 마이크를 갖다 대자 7만 명이 와아! 하고 폭소를 터뜨렸다.

태수는 두 손으로 대통령과 굳은 악수를 했다. 대통령은 태수의 손을 꼭 잡고 온화하게 말했다.

"윈드 마스터 한태수 씨는 마라톤의 세계대통령이에요."

"감사합니다!"

전역한 지 1년 조금 더 된 태수는 기합이 바짝 들었다.

"출발!"

탕!

배동성의 외침과 총소리가 광화문에 울려 퍼졌다.

타타타타탁탁탁탁—

와아아아아—

281명의 남녀 엘리트 선수가 파도처럼 쏟아져 나가고 수많은 사람이 열렬한 함성과 박수를 보냈다.

대부분의 엘리트 선수는 스타트하면서 자신이 낼 수 있는 스피드의 90% 이상으로 달려 나가고 있다.

하지만 태수는 최고 스피드의 85%, km당 2분 48초의 속도로 힘차게 달렸다.

태수는 이번 동마에서는 스타트부터 40km까지 별일이 없는 한 이븐 페이스로 줄곧 달린다는 작전을 세웠다.

그의 이븐 페이스 속도는 km당 21분 51초다. 그렇게 피니시까지 달리면 2시간에 골인할 수 있다.

정확하게는 2시간~2시간 36초지만 지금처럼 스타트에서 km당 2분 48초로 2km까지 달려주고, 40km에서 최후의 스퍼트를 하면 2시간 안의 기록, 즉 1시간 59분대의 기록을 세울 수 있을 것이라는 게 그의 이번 대회 작전이다.

모르긴 해도 이번 대회에서도 도쿄마라톤대회 때처럼 태수 주위로 최정상급 선수들이 모여들어 태수그룹을 이루게 될 터이다.

태수하고 같이 달리면 우승까지 바라볼 수 있고 못해도 2, 3위는 할 수 있다는 사실이 도쿄마라톤대회에서 증명되었으며 2위를 한 베켈레가 최대 수혜자였었다.

태수가 km당 2분 48초라는 빠른 속도로 달리고 있지만 늘 그렇듯이 그보다 훨씬 빨리 달리는 선수들이 시청 방향으로 우르르 달려갔다.

태수그룹에는 키메토와 무타이, 베켈레, 케베데를 비롯하여 마라톤 2시간 2~4분대의 선수 20여 명이 한 무더기가 되어 달리고 있다.

그들은 태수 좌우를 선점하기 위해서 치열한 각축전을 벌였다. 태수가 스포트라이트를 가장 많이 받기 때문에 그의 옆에서 달리면 자신들의 모습이 저절로 전 세계에 생중계된다는 것이 이유다.

그리고 그보다 더 큰 이유는, 태수 좌우에서 달리는 것이 우승으로의 지름길이라고 생각하기 때문이다.

타타타탁탁탁탁탁─

태수의 원마주법은 그가 처음 완성했을 때보다 지금이 훨씬 안정적이고 효율적으로 발전했다.

그동안 여러 대회를 거치면서 미비점이나 단점을 많이 보완했기 때문이다.

그의 달리기는 브레이크가 전혀 걸리지 않기 때문에 에너지의 낭비가 거의 없다.

또한 무리하게 스트라이드를 넓히려고 발뒤꿈치로 엉덩이를 찰 것처럼 무릎을 많이 굽히지 않고 적당한 굽힘으로 그의 키와 달리기에 가장 적절한 스트라이드를 만들어내고 있다.

태수의 달리는 모습을 보면 조금도 힘들어 보이지 않는다. 그저 물이 흐르는 것처럼 부드러우며 머리가 위로 솟구치지 않고 두 팔은 전방 좌우를 향해 아주 적당하게 흔든다.

마라톤 세계기록을 두 번이나 경신한 태수의 원마주법은 현재 많은 나라에서 주목하고 분석하면서 수많은 마라토너가 배우고 있는 중이다.

하지만 현존하는 정상급 마라토너들은 원마주법이 탁월하다는 사실을 알면서도 함부로 배우려고 시도하지 못한다.

그동안 달려온 자신만의 주법을 버리고 원마주법을 덜컥 배웠을 경우 혼란에 빠지게 될 것이고, 그런 희생을 치르는 대가로 속도가 더 빨라질 거라는 보장이 없기 때문이다.

선두는 시청 앞을 지나서 숭례문을 향해 달려갔다. 선두는 마라톤 2시간 10~15분대 선수 20여 명이 무리를 이루고 있기 때문에 아직은 누가 선두라고 말할 수 없고 또 선두그룹이라는 말을 쓰기도 애매한 상황이다.

태수에 속한 선수는 점점 더 불어나서 시청 앞을 지날 때쯤에는 50여 명으로 많아져서 장관을 이루고 있다.

선도차와 동마 주관방송사인 MBC 중계차는 선두 전방에서 달리고 있지만, 그 외 중계차량과 중계모터바이크의 99%는 태수를 중심으로 촬영을 하고 있다.

태수그룹에는 태수 군단의 낭자(娘子)들이 없다. 스타트부터 40㎞까지 각자 목적하는 스피드로 이븐 페이스로 달리는 것이 작전이기 때문에 뒤처져 있다.

태수를 비롯한 태수 군단 모두의 작전은 심윤복 감독이 짰으며, 태수 군단 개개인의 실력과 컨디션을 최대한 반영했기 때문에 최고의 작전이라고 할 수 있다.

타타탁탁탁탁탁탁—

요란한 발걸음 소리와 함께 태수그룹이 숭례문을 돌아서 남대문로를 따라 명동으로 향하려고 크게 좌회전을 할 때 태수 좌우가 다른 선수로 바뀌었다.

원래 태수 좌우에는 태수가 모르는 선수가 달리고 있었는데 좌회전을 하고 나니까 오른쪽에는 태수의 오른쪽 날개를 자처하는 베켈레가, 그리고 왼쪽에는 뜻밖에도 일본의 무사시노가 모습을 드러냈다.

태수는 무사시노가 이번 동마에 참가했다는 말은 들었지만 그를 보는 것은 지금이 처음이다.

무사시노에 대한 감정은 아무것도 없다. 그러니까 그를 좋게도 나쁘게도 생각하지 않는다.

무사시노가 한 짓을 생각하면 얼굴에 침을 뱉어야 하지만, 태수는 그를 그다지 크게 여기지 않기 때문에 감정 같은 것도 없다.

비중 있는 사람이어야 무슨 일을 당했을 때에 좋거나 싫은 감정이 생기는 법이다.

오히려 베켈레나 키메토, 무타이 등이 무사시노를 노골적으로 싫어하는 편이다.

무사시노가 주로에서 하는 행동이나 태수를 때리려고 주먹을 휘두르는 광경을 봤기 때문이다.

태수의 여러 좋지 않은 성격 중에서 매사에 무덤덤하다는 것이 있다.

그런데 그게 무사시노 같은 인간을 대할 때는 더없이 편리하다. 신경을 쓰지 않으면 속상할 일도 없다.

타타타탁탁탁탁—

차차착착착착착—

여러 종류의 발걸음 소리가 뒤섞여 남대문로를 울렸다.

대로 양쪽에는 많은 사람이 열렬하게 응원을 하고 있다. 태수는 국내에서 벌어지는 소위 대한민국 메이저 대회인 춘마, 동마, 중마 대회를 여러 번 봤지만 어떤 대회든지 어떤 거리든지 응원하는 사람은 몇십 명에 불과했었다.

그런데 오늘은 다르다. 얼핏 보기에도 응원 인파가 수천 명이다. 오랜 준비기간을 거쳐 조직적으로 응원하는 단체들도 있지만 일반 시민들이 훨씬 더 많다.

모두들 대한민국 땅에서 최초로 개최하는 지상최대의 마라톤대회를, 그리고 대한민국의 영웅 윈드 마스터 한태수를 응원하러 나온 것이다.

태수는 스타트부터 1km가 지난 지금까지 km당 2분 47~48초를 유지하고 있다.

최소한 2~3km까지는 지금 속도로 뛸 생각이다. 그것이 10초 정도 벌어줄 것이다.

10초가 별것 아닌 것 같지만 2시간 안에 골인하려면 1초라도 더 당겨야 하는 상황이다.

어쨌든 2~3km가 지나면 태수는 계획했던 대로 km당 2분 51초로 속도를 늦춰서 이븐 페이스로 갈 것이다.

현재 50여 명이 태수를 페메로 삼은 상태로 달리고 있는데 과연 몇 명이나 km당 2분 51초 페이스로 따라올 것인지 미지수다.

명동 입구 조금 못 미친 곳에서 선두로 달려 나갔던 선수들이 속도가 느려져서 뒤로 밀리고 있는 광경이 보였다.

큰 대회에다가 세계챔피언을 비롯하여 최정상급 선수들이 우글거리는 상황이라 긴장하고 또 흥분하여 스타트하자마자 우르르 달려 나갔지만, 2㎞도 못 가서 오버페이스를 깨닫고 자신들 본래의 페이스로 돌아가는 것이다.

처음에 오버페이스를 했다는 사실을 깨달았음에도 불구하고 이런 상황에서는 꼭 튀는 선수가 있다. 이왕 내친 건데 그냥 그 속도로 냅다 달리는 것이다. 어딜 가나 그런 인간 한두 명은 꼭 있다.

이 대회에서는 그런 인간이 6명이고 그들이 선두그룹을 형성하고 있다.

중계방송팀들은 선두그룹을 형성한 선수들이 누군지 알아내려고 부지런히 자료를 뒤적이고 있을 것이다.

스타트부터 선두로 달려 나갔다가 밀려난 선수 중에서 2, 3, 4위 그룹이 형성되었고, 그 덕분에 태수그룹은 5위가 되었다.

을지로로 들어설 즈음 태수그룹은 60여 명이 되었다. 선두그룹이었던 선수들이 뒤로 밀리면서 섞여들었다. 더 이상 밀리면 안 된다는 강박관념이 작용했을 것이다.

5위 태수그룹의 선두는 3명 태수와 베켈레, 무사시노다. 60여 명 중에서 어느 누구도 감히 태수 앞으로 치고 나가려는 선수가 없다. 그건 세계챔피언에 대한 예의다.

오른쪽에서 나란히 달리고 있는 베켈레가 태수를 보면서 실없는 소리를 한다.

"태수, 이번 작전은 뭐지?"

태수가 대답하지 않을 거라고 생각한 베켈레는 혼자 북 치고는 장구까지 쳤다.

"알았어. 침묵 작전이로군."

을지로에서는 난리가 났다. 을지로에는 오피스빌딩이나 상가가 많아서 일요일에는 텅 빈 거리가 된다는데 오늘은 응원 인파가 정말로 바늘 하나 꽂을 틈 없이 가득 메우고 목이 터져라 응원을 보내고 있다.

대한민국 국민의 90% 이상이 지난 도쿄마라톤대회에서 태수가 또다시 세계기록을 경신하는 광경을 TV로 시청했었다.

그때 대한민국 국민들은 도쿄 시민들이 얼마나 많이, 그리고 얼마나 열성적으로 질서 있게 응원을 하는지 똑똑히 보고는 놀라움을 감추지 못했다.

그즈음 대한민국에는 태수신드롬 덕분에 마라톤 붐이 불길처럼 일어나 마라톤을 보는 시각이 크게 달라지고 있었다.

각 방송사에서는 앞다투어 연일 마라톤에 대한 프로그램

을 대대적으로 편성하고 세계 마라톤 선진국들에서는 선수들이 어떤 훈련을 하고 있으며, 시민들은 어떻게 응원을 하는지 상세하게 보여주었다.

대한민국 국민들은 점점 마라톤에 눈을 떴다. 마라톤은 선수들이 달리는 것이지만 국민으로서의 의무와 책임이 뒤따라야 한다는 사실도 깨달았다.

TV에서 보여주는 마라톤프로에 의하면, 베를린, 뉴욕, 시카고, 보스턴, LA, 도쿄, 런던, 파리, 프라하, 로마, 오사카 등 세계 어느 나라 마라톤대회를 봐도 대한민국 서울이나 춘천에서 열리는 소위 메이저 대회라는 춘마, 동마, 중마처럼 초라한 대회는 없었다.

춘마, 동마, 중마를 응원하는 사람을 다 합쳐 봐야 채 만 명도 되지 않을 것이라는 방송이 전파를 탔을 때 국민들은 경악했고 너무 부끄러워서 고개를 들지 못했었다.

그렇게 응원문화가 형편없는 나라에서 마라톤 세계기록을 두 번이나 경신한 위대한 세계챔피언 트리플맨 윈드 마스터 한태수가 나왔다는 사실은 경이로운 일이고 또한 기적이라고 할 수밖에 없었다.

대한민국 국민들은 응원이나 관심, 지원은 형편없으면서도 운동선수들에게 바라는 것은 무지하게 많다.

어떤 종목이든지 외국 선수들은 동메달만 따도 기뻐서 춤을 추는데 대한민국 선수들은 은메달을 따고서도 분해서 눈물을 흘린다.

금메달을 최고로 쳐주기 때문이다. 그게 대한민국 스포츠계의 슬픈 현주소다.

그런 여러 병폐가 한꺼번에 고쳐지지는 않겠지만, 그래도 마라톤에서만큼은 세계대통령인 윈드 마스터 한태수 선수에게 부끄럽지 않은 국민이 되자는 각성이 일어났다.

말하자면 위대한 선수에 부족함이 없는 위대한 국민이 되자는 전 국민적인 각성이 이번 동마에서부터, 그리고 마라톤에서부터 일어나고 있는 것이다. 이것은 또 하나의 작은 기적이다.

을지로5가 사거리를 지나 첫 번째 반환점을 돌아 다시 을지로입구를 향해 달릴 때 태수그룹은 3위가 되었으며 20여 명으로 줄었다.

거기까지 4km를 km당 2분 48초에 달려서 11분 12초가 걸렸다. 원래는 2~3km까지만 2분 48초로 달리려고 했는데 조금 더 달린 것이다.

태수가 워낙 빠른 속도로 달리니까 앞선 선수들은 죽을힘을 다해서 달렸으며, 같은 태수그룹에서 달리던 선수들은 뒤로 처질 수밖에 없었다.

태수는 속도를 조금 늦춰서 km당 2분 51초로 달리기 시작했다. 이제부터 40km까지는 2분 51초 이븐 페이스로 달릴 것이다.

이때쯤 베켈레와 키메토를 비롯한 몇몇 선수는 태수의 이번 대회 작전이 무엇인지 깨닫게 되었다.

선수들의 얼굴이 굳어지고 비장한 표정이 되었다. 지금 속도로 계속 달리면 피니시까지 2시간 안에 골인하게 된다는 계산을 했기 때문이다.

이즈음 태수그룹의 선두는 태수와 좌우에 무사시노, 베켈레, 그리고 그 양쪽에 키메토와 무타이가 달리고 있었다.

베켈레와 무사시노, 키메토, 무타이는 달리면서 자꾸 힐끔거리며 태수를 쳐다보았다.

태수가 정말 이번 대회에서 2시간 안에 골인하려는 엄청난 계획을 품고 있는 건지 아닌지 얼굴만 봐서는 알 수 없을 텐데도 4명은 틈만 나면 그를 쳐다보았다.

그러다가 몇 명은 태수의 이번 대회 목표가 1시간대 골인이 아닐 것이라고 생각을 굳혔다.

한때 세계기록을 경신했었던 키메토와 마카우, 무타이는 인간의 능력으로는 절대로 마라톤 풀코스를 1시간대에 달릴 수 없다고 단정했다.

이들 3명 중에서 키메토는 2시간 2분대, 마카우와 무타이는 2시간 3분대 세계기록 보유자였었다.

그들은 세계기록을 경신한 이후에 뛰었던 다른 많은 대회에서는 자신의 기록에 미치지 못하는 기록을 냈었다. 그만큼 2시간 2~3분대 기록이 어려운 것이라는 얘기다.

그들 3명하고는 반대로 세계기록을 경신해 본 적이 없는, 즉 2시간 2~3분대에 뛰어본 적이 없는 베켈레와 케베데, 무사시노 등은 태수가 1시간대의 기록을 세울 수도 있을 거라고 믿었다.

5km 급수대에서 미리 대기하고 있던 심윤복 감독과 민영은 태수가 너무 빠른 시간에 5km에 도달한 것을 보고는 적잖이 놀랐다.

5km까지 14분 05초. km당 평균속도 2분 49초에 달려왔으니까 놀라는 건 당연했다.

더구나 초반에 이렇게 빨리 달리는 것은 전혀 태수답지 않은 일이었다.

"태수야! 오버페이스하지 마라!"

"오빠! 너무 빨라!"

음료를 받으러 달려오는 태수에게 두 사람은 크게 외쳤다.

태수가 이번 대회에서 기록 경신을, 그것도 1시간대 세계기록을 세우려는 목표를 정했다는 사실을 모르는 두 사람이 태수더러 오버페이스니 빠르다느니 난리치는 것은 당연했다.

을지로 입구에서 우회전, 우회전 두 번하여 청계천으로 들어서는 6㎞ 지점에서 태수그룹은 2위가 되었으며 13명으로 줄어들었다.

선두는 2명인데 한 명은 케냐 선수이고 또 한 명은 중국 선수인데 태수로선 처음 보는 선수들이다.

그 2명은 10m 등 뒤까지 바짝 따라오고 있는 태수그룹을 자꾸 뒤돌아보면서 부지런히 달리고 있지만 속도는 갈수록 점점 더 느려졌다.

결국 잠시 후에 태수그룹은 선두 2명을 뒤로 젖히고 청계천 좁은 도로를 선두로 질주했다.

타타타타탁탁탁탁—

"태수."

7㎞ 조금 못 미친 곳에서 한 사람이 뒤에서 치고 나와 태수와 베켈레 사이로 끼어들더니 태수를 불렀다.

그런데 뜻밖에도 쇼부코바라서 태수는 깜짝 놀랐다. 그녀가 한 그룹으로 같이 뛰고 있을 줄은 몰랐었다.

스타트해서 여기까지 ㎞당 2분 48~51초의 속도로 줄곧 따라왔으니 쇼부코바는 극도로 지쳐 있었다.

"하악… 하악… 하악……."

쇼부코바는 가쁜 숨을 몰아쉬면서도 태수를 보며 손가락으로 십자가를 만들어 보이면서 미소 지었다.

"학학학… 태수, 새로운 세계기록을 이루도록 빌게."

쇼부코바는 그 말을 남기고는 뒤로 처졌다.

태수가 뒤돌아보니까 쇼부코바는 손가락으로 만든 십자가를 자신의 입술에 댔다가 태수에게 보냈다.

"그거 아나, 태수?"

오른쪽의 베켈레가 의미심장한 표정을 지으며 태수를 쳐다보며 말했다.

태수는 앞만 보고 달리는데 베켈레가 말을 이었다.

"쇼부코바가 모스크바의 한 방송에 출연해서 자기가 사랑하는 남자는 코리아의 윈드 마스터라고 말했다는군."

태수는 움찔 놀라서 베켈레를 쳐다보았다.

"쇼부코바는 아직 미혼이야. 워낙 아름다워서 많은 남자가 대시했지만 다 헛물만 켰다는 거야."

베켈레는 묘한 미소를 지었다.

"쇼부코바의 폭탄선언이 유럽을 뒤흔들어 놨다더군. 그녀에게 구애했다가 퇴짜 맞았던 스웨덴 왕실의 젊은 왕자는 태수 자네를 자신의 연적으로 선포했다는 거야. 하하하!"

태수는 다시 뒤돌아보았다.

20m쯤 멀어진 쇼부코바가 돌아보는 태수를 향해 환한 미소를 지어 보였다.

타타탁탁탁탁탁탁—

"후우웃… 하아앗… 후우웃… 하아앗……."

모두들 묵묵히 달리기만 했다. 가끔씩 태수에게 쓸데없는 말을 지껄이던 베켈레도 굳게 입을 다물었다. 거친 숨소리만 태수그룹 여기저기에서 터져 나왔다.

태수가 8km까지 속도를 늦추지 않고 km당 2분 51초 이븐 페이스로 달리기 때문에 모두들 힘든 기색이 역력했다.

선두 태수그룹이 9km에 이르렀을 때 중계방송을 해설하는 각국의 전문가들은 비로소 태수의 이번 대회 진정한 목표가 무엇인지 깨닫게 되었다.

9km까지 태수그룹의 시간은 25분 27초이며 평균속도 km당 2분 50초다.

단언하건대 마라톤이 시작된 이래 이처럼 빠른 시간에 9km까지 도달한 선수는 단 한 명도 없었다. 태수그룹은 지금 전무후무한 시간대를 달리고 있다.

만약 태수그룹이 지금 속도를 줄곧 유지하여 피니시까지 달리기만 한다면 1시간 59분 13~54초 이내의 기록으로 골인하는 엄청난 상황이 벌어질 것이다.

만약 지금 같은 상황이 다른 선수에 의해서 벌어지고 있다면 전문가들은 그저 그 선수의 오버페이스일 것이라고 폄하했을 터이다.

그렇지만 현 세계챔피언 태수에 의해서 그룹이 움직이고 있기 때문에 예사롭게 보지 않는 것이다.

태수그룹에 속해 있는 13명은 하나같이 세계 최정상급 혹은 정상급 선수다.

그들은 마라톤 풀코스를 2시간 1~7분에 주파하는 실력이므로 어느 정도 차이는 있지만 하프까지 혹은 15km까지는 이 속도를 유지할 수 있을 터이다.

그러나 문제는 그 이후다. 15km~하프에서부터 얼마나 체력과 에너지가 버텨주느냐에 따라서 오늘 2시간의 벽이 깨지는가, 그리고 각자의 기록과 순위가 결정될 것이다.

타타타타탁탁탁탁―

차차착착착착착―

"헉헉헉헉헉……"

"하악… 하악… 하악……"

10km 급수대를 200m 남겨둔 지점에 이르렀을 때 태수그룹 후미 몇 명의 선수에게서 거친 숨소리가 곡소리처럼 터져 나

오기 시작했다.

그들은 에티오피아의 데시사, 네게세, 게브루, 케냐의 체무라니 4명이다.

기르마이 비르하누 게브루는 2008년 북경올림픽 마라톤에서 2시간 10분 41초로 우승, 2015년 대구국제마라톤대회에서 2시간 7분 26초로 우승을 했던 선수다.

그들 4명은 모두 2시간 5~7분의 기록을 지닌 정상급 선수들이지만 태수의 ㎞당 2분 50~51초의 빠른 속도를 견뎌내지 못하고 있다.

태수는 자신만의 원마주법으로 추호의 흔들림도 없이 묵묵히 선두를 이끌고 있다.

태수 좌우의 베켈레와 무사시노, 키메토, 무타이는 굳은 얼굴로 달리고 있지만 사실 마음속으로는 무수한 갈등과 계산을 반복하고 있는 중이다.

지금쯤 그들은 태수가 이번 대회에서 인간의 한계인 2시간의 벽을 깨는 것을 목표로 삼았다는 사실을 분명히 알게 되었다.

그들의 갈등은 두 가지다. 이대로 끝까지 태수하고 함께 달려서 역사적인 1시간대 골인에 동참을 하느냐 아니면 자신의 능력을 인정하고 어느 정도 거리에서 이 그룹에서 떨어져 나가느냐 하는 것이다.

자신들의 능력을 비추어 봤을 때에는 마땅히 후자를 선택해야 하지만, 전자의 유혹이 너무도 강렬해서 쉽게 결정을 내리지 못하고 있다.

태수도 하는 것을 우리라고 못할 게 없다. 태수와 우리의 차이라고 해봐야 기껏해야 1~2분의 기록뿐이다. 그러므로 태수가 이끌어준다면 우리도 충분히 할 수 있다. 태수를 페메 삼아서 우리도 한번 일을 저질러 보자.

그러다가 어쩌면 마지막 40㎞에서 스퍼트를 할 때 우리 중에 누군가 태수를 앞질러 골인하는 기적이 일어날 수도 있으며, 그렇게 되면 세계 마라톤역사에 길이 남을 사람은 태수가 아니라 우리들 자신이 될 수도 있다.

그런 생각을 골백번도 더 하면서 부지런히 태수와 보조를 맞춰서 달리고 있는 선수는 베켈레와 키메토, 무사시노, 무타이, 마카우, 킵상, 킵초게, 케베데, 키프로티치 등 9명이다.

10㎞ 급수대 첫 번째 스페셜 테이블에서 기다리고 있는 심윤복 감독과 민영은 저만치에서 급수대를 향해 힘차게 달려오고 있는 태수를 발견하고는 가슴이 먹먹해졌다.

심윤복 감독과 민영은 이제 태수의 이번 대회 목표를 정확하게 알게 되었다.

심윤복 감독은 귀에 이어폰을 꽂고 중계방송을 듣고 있으므로 전문가들의 해설을 이미 들었다.

그러나 해설을 듣지 않았더라도 심윤복 감독이 봤을 때 태수가 달리고 있는 속도를 보면 그의 목표는 너무도 명확하다. 저 괴물 같은 놈은 대한민국 서울에서 개최하는 동마에서 전무후무한 대기록을 내려는 게 분명하다.

"저 미친놈이⋯⋯."

심윤복 감독은 입으로는 그렇게 중얼거리면서도 마음 한구석에서는 저 괴물이 오늘 정말로 일을 저지를지 모른다는 기대가 꿈틀거렸다.

타타탁탁탁탁탁탁—

태수가 제1번 스페셜 테이블로 가까이 다가오는 모습을 보면서 심윤복 감독은 마른침을 꿀꺽 삼키고 나서 태수에게 힘차게 외쳤다.

"태수야! 잘하고 있다! 할 수 있다!"

그렇게 외치는 순간의 심윤복 감독은 태수가 미친놈이라는 생각은 병아리 눈물만큼도 생각하지 않았다.

민영은 두 손에 음료병과 생수병을 내밀면서 정신 나간 여자처럼 악을 썼다.

"아자! 아자! 아자! 한태수 파이팅!"

그녀는 아자! 라는 3번의 구호에 자신이 하고 싶은 말을 꾹꾹 눌러서 담았다.

그리고 심윤복 감독과 민영은 음료병과 생수병을 낚아채는 태수의 얼굴이 그 어느 때보다도 강인하고 다부지다는 것을 분명하게 보았다.

11㎞ 지점. 청계천 반환점인 고산자교를 건널 때 태수그룹 후미의 데시사, 네게세, 게브루, 케냐의 체무라니 4명이 떨어져 나갔다.

그러고는 20m쯤 지났을 때 뜻밖에도 강력한 라이벌 중 한 명인 키프로티치도 뒤로 처졌다.

키프로티치는 2시간 4분대의 정상급 선수이며 전력을 다했을 때 하프까지는 태수와 함께 달릴 수 있지만 베켈레나 키메토들하고는 다른 선택을 하고 그룹에서 떨어져 나갔다.

키프로티치는 태수와 그를 따르고 있는 선수들이 분명히 오버페이스를 할 것이라고 내다봤다.

키프로티치 자신이 11㎞까지 같이 달려본 결과 이대로 하프까지 달린다면 태수를 비롯한 9명이 극도로 지쳐서 속도가 뚝 떨어질 것이라고 확신했다.

11㎞ 지점에서부터 키프로티치가 ㎞당 2분 55초의 속도로 달리고 태수그룹이 2분 50초로 달린다면 하프 21㎞까지 키프로티치가 시간상으로 약 50초쯤 늦어지게 된다.

㎞당 2분 50초의 초속은 5.9㎧니까 ×50=295m다. 넉넉하게

잡아서 약 300m의 거리가 벌어지는 것인데, 오버페이스한 태수 그룹이 하프 이후에 기진맥진해서 점점 속도가 느려지면 km당 2분 55초로 달리면서 체력과 에너지를 낭비하지 않은 키프로티치가 300m를 앞당겨서 태수그룹을 추월하는 것쯤은 어려운 일이 아니라는 계산이다.

마라톤, 그것도 세계 정상급 선수라면 그 정도 계산은 달리면서도 쉽게 뚝딱 해치운다.

거기까지 계산한 키프로티치는 그냥 지쳐서 떨어져 나간 4명하고는 생각 자체가 다른 것이다.

12㎞를 지날 때쯤 태수는 약간 호흡이 가빠졌다.

"후우우… 훅훅… 하아아… 핫핫… 후우우… 훅훅……."

티루네시의 복식호흡을 더 발전시킨 4박자 호흡을 하는 데도 호흡이 가빠지는 것은 어쩌지 못했다.

타타탁탁탁탁탁—

차착착착착착착—

"핫핫핫핫핫핫……."

"훅훅! 핫핫! 훅훅! 핫핫!"

태수를 비롯한 9명은 타원형의 한 덩어리가 되어 여전히 km당 2분 50초의 속도를 유지하고 있지만 다들 숨소리가 예사롭지 않아졌다.

4박자 호흡은 물론이고 하루에 무려 20㎞씩 수영훈련을 한 태수의 폐활량은 히말라야를 정복하는 알피니스트 이상으로 크고 튼튼해졌다.

그런 태수가 호흡이 가빠짐을 느끼고 있다면 다른 선수들은 어떤 상태인지 안 봐도 뻔하다.

태수그룹 9명 중에서 목표가 가장 뚜렷한 사람은 물어보나 마나 태수다.

그는 무슨 일이 있어도 오늘 인간의 한계라는 2시간의 벽을 깨고야 말겠다는 각오다. 그리고 이미 주사위는 던져진 상황이니까 되돌릴 수도 없다.

반면에 태수를 제외한 나머지 8명은 확고한 목표 의식 같은 게 없다.

애초에 그들은 각자 자신들만의 계획을 치밀하게 짜고 이 대회에 임했을 것이다.

그러나 막상 스타트하고 나니까 태수가 2시간의 벽을 깨려고 한다는 사실을 알게 되었고, 그래서 그들이 애써 세운 작전을 모조리 집어던져야만 했었다.

태수를 따라가려면 자신들의 작전 같은 건 아무 짝에도 쓸모가 없기 때문이다.

그리고 헐레벌떡 달리면서 부랴부랴 새로운 작전을 짤 수밖에 없는 상황에 처했다.

그렇지만 km당 평균속도 2분 50초라는 빠른 속도로 달리면서 제정신이 아닌 상황에 치밀한 작전을 새로 짠다는 것이 말처럼 쉬운 일이 아니다.

태수를 제외한 8명은 11km에서 떨어져 나간 키프로티치와 비슷한 생각을 했다.

즉, 이런 속도로 달리면 아무리 태수라고 해도 하프 이후에는 기진맥진할 것이다.

그러니까 자신들은 이쯤에서 속도를 늦추고 뒤따라 가다가 태수가 지치면 그때 편안하게 추월하자는 생각이다.

사람이란 극한 상황에 몰리면 자기 편한 대로 상황을 이해하고 짜 맞추려고 애쓰는데 지금 태수를 제외한 8명이 그런 상황에 처했다.

그렇지만 그들의 발목을 잡는 게 있다. 윈드 마스터 태수라는 인간 같지 않은 인간이 얼마나 집념이 강하고 또 치밀한 계산을 하는 무서운 존재인가라는 사실이다.

지금까지 태수가 세운 작전은 실패한 적이 없었다. 그리고 그는 참가하는 마라톤대회마다 우승을 했으며, 그 가운데 세계기록을 두 번이나 경신했다.

만약 8명이 바라는 것처럼 태수가 하프 이후에도 기진맥진하지 않고 꿋꿋하게 km당 2분 50초의 속도로 계속 달린다면, 태수하고 같이 뛰는 것을 중도에서 포기한 사람은 어디에 하소연할 곳도 없게 돼버리는 것이다.

태수 좌우에서 달리는 선수들은 쉴 새 없이 그를 쳐다보면서 그의 얼굴에서 뭔가를 찾아내려고 애썼다.

하지만 그들이 발견한 것은 약간 가빠진 태수의 호흡, 그리고 조금도 흔들림이 없는 그의 강인한 표정일 뿐이다.

15㎞ 급수대에서 150m 못 미친 곳에서 선도차의 전자시계는 42분 32초를 가리키고 있다. ㎞당 평균 2분 50초의 속도를 여전히 유지하고 있다.

실로 엄청난 속도다. 현재 이 속도만 계속 유지할 수 있다면 40㎞에서 스퍼트를 하지 않는다고 해도 1시간 59분대에 골인할 수 있다.

처음 광화문을 출발할 때 서울국제동아마라톤대회 실황중계는 37개국으로 송출됐으며 최소한 5억 명이 이 대회를 시청하고 있는 것으로 집계됐었다.

하지만 시간이 흐르면서 윈드 마스터 한태수가 2시간의 벽을 깨려 한다는 사실이 전해지면서 전 세계에서 정규 방송을 중단하고 동마의 상황을 시시각각 속보로 전하고 있다.

타타탁탁탁탁탁탁—

"후우우… 홋홋… 하아아… 핫핫… 후우우… 홋홋……."

태수의 4박자 호흡이 정상을 되찾았다. 제아무리 고도로 훈련된 마라토너라고 해도 처음에 스타트하면 10~13㎞까지는 숨이 제대로 터지지 않는다.

더구나 ㎞당 2분 50초라는 빠른 속도로 달리면 숨 가쁜 현상이 더 빨리 엄습한다.

그런 상황에서 속도를 늦추지 않고 계속 ㎞당 2분 50초의 속도로 달리면 두 가지 상황에 직면하게 된다.

첫째, 숨 막혀서 죽을 지경이 되어 그룹에서 떨어져 나간다.

둘째, 숨 가쁜 상황이 극한에 이르러 갑자기 숨이 터지면서 편안한 호흡이 된다.

그래서 15㎞ 지점에 이르기 전에 숨 막혀서 죽기 직전의 상황에 처해서 킵초게와 키루이가 떨어져 나갔다.

그렇다고 해서 남아 있는 7명이 모두 편안한 호흡이 된 건 아니다.

무사시노와 케베데는 숨이 터지지 않아서 마치 천식 환자처럼 거칠게 숨을 몰아쉬면서 안타깝게 달리고 있다.

아마도 1㎞ 이내에 숨이 터지지 않는다면 두 사람은 도태되고 말 상황에 처했다.

태수그룹이 청계천에서 종각을 돌아 종로에 들어섰을 때 태수는 깜짝 놀라고 말았다.

수만, 아니, 수십만 명의 시민이 종로의 대로 양쪽에 모여서 손에손에 태극기와 각자의 희망이 적힌 피켓을 들고 흔들며 열렬하게 태수를 응원하고 있었던 것이다.

와아아아―

"한태수! 윈드 마스터! 한태수! 윈드 마스터!"

도쿄마라톤대회보다 더했으면 더했지 절대 못하지 않은 광경이 서울 한복판에서 벌어지고 있다.

태수는 본 적이 없지만, 아마도 1945년 8월 15일 대한독립만세가 이러지 않았을까 하는 생각이 들었을 정도다.

태수는 지금껏 마라톤을 하면서 이렇게까지 많은 인파가 자신을 응원해 주는 광경을 한 번도 본 적이 없었다.

이래서 대한민국 땅에서 뛰는 게 신나는 것이다.

그리고 만약 태수가 대한민국의 수도 서울에서 2시간의 벽을 깬다면, 바야흐로 천지가 개벽할 터이다.

주로를 달리고 있는 태수, 그리고 6명은 하프가 이 대회의 최대 고비이자 분수령이 될 것이라고 예상했다.

신설동오거리 조금 못 미친 20km 지점에서 선도차의 시계는 56분 41초를 나타냈다.

15km에 42분 32초였으니까 그곳에서 20km까지 5km를 오는데 14분 09초가 걸렸으며 속도는 여전히 km당 2분 50초. 정확

하다.

태수를 비롯한 7명은 풀코스의 절반에도 못 미치는 20㎞까지 달리고는 얼굴에 지친 기색이 역력했다.

그렇지만 그들의 얼굴에는 지친 기색 말고 또 다른 하나의 표정이 뚜렷하게 떠올라 있다.

비장함이다. 마치 결사항전 싸우러 가는 군인들처럼 비장한 표정이 얼굴에 새겨져 있다.

지금 이 속도로만 피니시까지 달리면, 그래서 1㎞ 남겨두고 스퍼트만 제대로 해준다면 2시간 벽을 돌파할 수 있다고 태수를 비롯한 7명은 이미 계산이 끝났다.

그러나 문제는 20㎞에서 벌써 지치기 시작했다는 사실이다. 몸, 특히 다리는 아직 아프지 않지만 호흡이 점점 더 가빠지고 있다는 것과 에너지가 과다하게 소비되고 있다는 게 이들 모두가 풀어야 할 난제다.

이를테면 42.195㎞를 달리기 위해서 이들 모두는 각자의 용량에 맞게 기름을 가득 채웠는데 지나치게 과속을 하는 바람에 하프에 도달하기도 전에 기름이 벌써 절반 이상이나 소비돼 버린 것이다.

기름은, 즉 글리코겐이다. 기름이 바닥나면 차가 멈춰 버리는 것처럼, 인체의 글리코겐이 떨어지면 사람은 움직이지 못하고 쓰러진다.

타타타탁탁탁탁탁탁—

"허억… 허억… 헉헉헉헉……."

"학학학학학학……."

7명은 체내의 글리코겐을 입으로 죄다 쏟아내는 것처럼 거칠게 헐떡거렸다.

무엇보다 가장 지친 사람은 무사시노인데 원인은 그가 동양인 특유의 피스톤주법으로 달리기 때문이다.

피스톤주법은 달리는 과정에서 스트라이드를 넓히기 위하여 발을 앞으로 최대한 쭉 뻗기 때문에 착지할 때는 반드시 발뒤꿈치가 먼저 바닥에 닿을 수밖에 없다.

그다음에 발 중간 부위가 바닥에 닿으면서 이미 브레이크가 걸린 상태가 되고, 마지막에 발 앞부분으로 바닥을 긁듯이 차고 달려 나간다.

발뒤꿈치, 발 중간 부위, 발 앞부분. 이렇게 3개의 구분 동작을 함으로써 브레이크가 걸리고 잠시 주춤했던 속도의 추진력을 얻기 위해서 발 앞부분으로 힘껏 바닥을 박차고 나가야 하는 악순환이 계속된다.

반면에 베켈레나 키메토 등 에티오피아와 케냐 선수들은 발 앞부분으로 착지했다가 그대로 발 앞부분으로 차고 나가는 프론트풋 착지를 하는 덕분에 브레이크가 걸리지 않으며 또 피스톤주법에 비해서 에너지 소비가 훨씬 적다.

그렇지만 프론트풋 착지를 하더라도 추진력을 얻어야만 앞으로 나아갈 수가 있다. 아무런 행동도 취하지 않는다면 그 자리에 멈춰 버리고 말 것이다.

그러기 위해서 아프리카계 선수들은 매 발걸음마다 점프를 한다. 발 앞부분으로 홀쩍홀쩍 계속 점프를 하면서 달리는 것이다.

기술적으로 점프를 하기 때문에 에너지가 많이 소비되지 않지만 소비되는 것만은 분명하다.

반면에 태수의 윈마주법은 브레이크가 걸리지도, 점프를 하지도 않으면서 그저 발바닥 중간 부위로 바닥을 살짝살짝 디디면서 나아간다.

그것은 마치 두 개의 바퀴가 구르는 것 같다. 그래서 에너지가 최소한으로 소모된다.

태수에게 가장 큰 강점이 있다면 바로 윈마주법이다. 그리고 두 번째 강점은 남들보다 큰 폐활량이다. 그 외의 것들은 다른 선수들이나 대동소이할 것이다.

"학학학학… 칙쇼!"

하프를 막 지나 동대문 구청 직전에서 무사시노가 거칠게 숨을 헐떡거리면서 뭐라고 내뱉더니 뒤로 처지기 시작하고는 오래지 않아서 태수그룹에서 떨어져 나갔다.

도쿄마라톤에서, 그리고 뉴욕마라톤에서 무사시노는 강한

면모를 보였었는데 동마에서는 태수그룹 7명 중에서 제일 먼저 도태되었다.

태수그룹의 6명은 무사시노의 도태를 아무도 기뻐하지 않았다. 남의 일 같지 않기 때문이고, 그다음에 도태될 사람이 자신일 수도 있다는 생각을 하기 때문이다.

이제 상황은 이 그룹에서 탈락하지 않고 끝까지 살아남는 사람이 우승을 하는 것으로 굳어졌다. 또한 운이 따라준다면 그 우승자가 2시간의 벽을 깨는 최초의 인간이 될 수도 있을 것이다.

타타타탁탁탁탁탁탁―

"후우우… 훅훅! 하아아… 핫핫!"

22.5㎞ 스폰지대에서 차가운 얼음물에 적신 두 개의 스폰지를 양손에 쥔 태수는 달리면서 스폰지로 목 뒤를 문지르고 고글을 벗고 얼굴, 목, 양쪽 어깨와 허벅지를 차례로 문지르고 나서 스폰지를 버렸다.

얼음물 스폰지로 온몸을 적시면 최소 0.5도에서 운이 좋으면 1도까지 체온을 내릴 수가 있다.

그 정도만으로도 극심한 피로가 조금이나마 회복되고 에너지 낭비를 줄일 수 있다.

3월 13일 아직 봄이 오기는 이른 쌀쌀한 날씨지만 태수그룹 6명의 체온은 사뭇 39도를 웃돌고 있다.

선두는 태수, 좌우에 키메토와 베켈레가 숨을 헐떡거리면서 묵묵히 달리고 있다.

베켈레는 이미 오랫동안 말이 없다. 베켈레의 개인 최고기록은 2시간 4분대다.

그는 태수가 2시간 1분대의 세계기록을 경신했을 때에도 옆에서 쉴 새 없이 떠들었는데 지금은 벙어리처럼 입을 굳게 다물어 버렸다.

말을 한마디 하면 그만큼 에너지가 소비된다. 아니, 그런 것보다 말을 하는 것 자체가 힘들고 귀찮았다. 이제 하프를 지나 22.5㎞를 달렸을 뿐인데 35㎞에서 마의 벽에 빠진 것처럼 기진맥진에 몸이 천근만근이다.

베켈레는 도쿄마라톤대회에서도 2시간 4분대를 기록했다. 그것이 그의 한계. 개인 최고기록이 2시간 4분대이며 그것은 ㎞당 2분 57초의 속도다.

그런데 이번 대회에서는 초반 스타트해서 5㎞까지 ㎞당 2분 45~46초로 달렸으며, 이후에는 줄곧 2분 50초로 달리고 있으니 무리도 이런 무리가 없다. 현재 그의 몸은 과부하가 걸려서 쉴 새 없이 삐걱거렸다.

베켈레는 지금 당장에라도 태수그룹에서 빠지고 싶은 마음이 굴뚝같다.

하지만 태수는 그렇다고 쳐도 키메토와 무타이, 마카우, 킵상, 심지어 베켈레 자신보다 한 수 아래라고 여기는 케베데까지 묵묵히 달리는 모습을 보니까 절대로 이대로는 뒤처질 수 없다는 각오다.

태수그룹에서 태수는 말할 것도 없고, 키메토, 마카우, 무타이, 킵상은 다 한 번씩 마라톤 세계기록을 경신했었던 최정상급 선수들이다.

베켈레만이 아니다. 케베데는 개인 최고기록이 베켈레보다 1분 늦은 2시간 5분대인데 그도 아직까지 잘 버티고 있다. 그런데 베켈레가 뒤처질 수는 없는 것이다.

25km. 시간은 1시간 10분 46초. 여전히 km당 2분 50초의 속도다.

태수는 아직은 끄떡없다. 호흡도 편안해졌으며 다리도 아프지 않다.

다만 허리와 등이 뻐근하고 시큰거린다. 그렇지만 그 정도는 별것 아니다.

문제는 35km 이후에 찾아들 마의 벽이다. 그때는 지금까지 달렸던 관성에 온몸을 맡기는 수밖에 없는데 도쿄마라톤대회 때 태수는 마의 벽 상황에서 속도가 km당 3분 5초 이하로도 떨어졌었다.

그렇기 때문에 이번 동마에서도 그러지 말라는 보장이 없다. 오늘 대회에 그런 상황이 똑같이 발생하면 2시간의 벽을 깨는 것은 수포로 돌아가고 만다.

태수는 여기까지 달리는 동안 내내 그 생각에 깊이 골몰하고 있었다. 그가 봤을 때 만약 오늘 동마에서 2시간의 벽을 깨지 못한다면 올해 9월 베를린마라톤대회까지 6개월을 기다려야만 한다.

동마는 베를린만큼 코스가 좋다. 그러니까 오늘 못 깨면 베를린마라톤대회 때까지 기다릴 수밖에 없다.

'안 되겠다. 극약 처방이다.'

결국 태수는 어쩔 수 없는 결단을 내렸다. 지금부터 35km 이후 마의 벽이 엄습할 때까지 속도를 높여서 km당 2분 47~48초 페이스로 달리려는 것이다.

그렇게 해야지만 마의 벽 때 까먹을지도 모르는 시간을 보충할 수가 있다.

타타타타탁탁탁탁탁—

"후우우… 훅훅! 하아아… 핫핫!"

태수는 기관차처럼 지그시 속도를 높여 나갔다. 구태여 시간을 잴 필요도 없다. 그가 체감하는 속도는 시계만큼이나 정확하다.

태수그룹에서 갑자기 태수가 혼자 쑤욱 치고 나가자 다른

5명은 깜짝 놀라 순간적으로 멍한 표정을 지었다.

그러나 다음 순간 키메토와 무타이, 마카우, 킵상은 속도를 높여서 뒤질세라 태수를 부리나케 쫓아갔다.

멍하고 있던 베켈레는 순간적으로 갈등에 빠졌다. 영리한 그는 태수가 왜 갑자기 속도를 높이는 것인지 이유를 알 수 있을 것 같았다.

하지만 그건 그거고 이건 문제가 다르다. 지금까지도 죽지 못해서 겨우 따라갔었는데 속도를 더 높인 상황에서 계속 따라가는 것은 베켈레의 한계 이상이다.

착착착착착착착—

"핫핫핫핫핫핫핫……."

그런데 뒤쪽의 케베데가 특유의 쾌속주법, 즉 158㎝의 작은 키 때문에 피치를 부지런히 움직여야 하는 종종걸음 주법으로 베켈레 옆을 스쳐 앞으로 달려 나갔다.

'아아… 죽기 아니면 살기다.'

같은 에티오피아인이면서 후배인 케베데마저 치고 나가자 베켈레로서는 도저히 물러날 수가 없게 되었다.

군자역을 지나서 우회전하여 어린이대공원으로 향하는 대로를 태수그룹이 힘차게 달리고 있다.

타타타탁탁탁탁—

선도차와 중계방송차, 수십 대의 촬영용 모터바이크는 전쟁터처럼 난리가 났다.

26km 현재 1시간 13분 33초. 25km에서 26km까지 1km를 2분 47초에 달린 것이다.

수십 대의 카메라는 태수의 달리는 모습을 집중적으로 촬영하여 부지런히 자국으로 보냈고, 그 나라에서는 또다시 그 방송을 주변국으로 송출하여 결과적으로 전 세계 15억 이상의 사람이 태수가 위대한 업적을 달성하려는 과정을 시청하고 있는 것이다.

태수그룹의 달리는 양상은 지금까지와는 조금 달라졌다. 태수가 5m쯤 앞서 달리고 그 뒤를 키메토와 무타이, 킵상, 마카우 4명이 각축을 벌이면서 뒤쫓는다.

그리고 그 뒤 5m쯤에서 베켈레와 케베데가 혼신의 힘을 다해 허우적거리듯이 달리고 있다.

어린이대공원을 지나서 다시 우회전하여 27.5km 지점에 마련된 스폰지대를 200m 남겨둔 상황에 일이 벌어졌다.

"우웨엑!"

케베데가 갑자기 달리면서 토하기 시작한 것이다. 그가 화살처럼 뿜어낸 토사물이 바로 앞에서 달리고 있던 킵상의 등에 부딪쳐서 사방으로 튀었다.

"우왝—!"

케베데는 달리면서 계속 토했다. 그 바람에 태수를 비롯한 모두 뒤돌아보았다.

너무 격렬하게 토한 나머지 케베데는 눈물 때문에 앞이 보이지 않았다.

그는 손으로 두 눈을 비비고 입가의 토사물을 닦으면서 더욱 힘차게 달려 나갔다.

착착착착착착—

"핫핫핫핫핫핫……."

그러나 힘차게 달린다는 생각은 케베데만의 착각이다. 태수 그룹의 맨 뒤를 달리고 있는 베켈레가 이미 케베데의 15m 전방에서 멀어져 가고 있었다.

"으헉헉… 헉헉헉……."

숨이 극도로 가뿐 상태에서 토했기 때문에 토사물이 기도로 흘러든 케베데는 호흡곤란을 일으키며 점점 속도가 늦어지더니 결국 길 가장자리에 털썩 주저앉았다.

"커억! 헉헉헉… 끄으으……."

그는 인도에 팔꿈치를 대고 다른 손으로 앞선 선수들을 잡으려는 듯 안타깝게 뻗으면서 몸이 천천히 뒤로 기울어졌다.

근처의 진행요원 두 명이 다급하게 달려오면서 구급차에 무전 연락을 취했다.

진행요원은 케베데를 바닥에 편안하게 옆으로 누이고 그의
입을 크게 벌리게 하여 입속에서 토사물 찌꺼기를 꺼내고 물
을 마시게 해주었다.

　타타탁탁탁탁—
　태수는 한 번 더 뒤돌아보았다. 케베데가 진행요원들 사이
에서 아스팔트에 누워 있는 모습이 보였다.
　태수의 마음이 무거워졌다. 자기 때문에 케베데가 저렇게
됐다는 죄책감 같은 게 아니다.
　케베데의 저 모습은 언제라도 태수 자신의 모습이 될 수 있
기 때문이다.

제38장
시간의 정복자

타타탁탁탁탁탁—

"후우우… 훅훅… 하아아… 핫핫……"

태수가 달리면서 체크해 보니까 현재 ㎞당 속도가 2분 49초로 떨어져 있었다.

그는 2분 46~47초라고 체감하면서 달렸는데 3~4초나 늦었던 것이다.

속도를 제대로 체감하지 못하고 있다는 것은 몸이 정상적인 컨디션이 아니라는 뜻이다.

26㎞에서 1시간 13분 33초였으며 현재 29㎞에 1시간 21분

58초. 26km에서 29km까지 3km를 8분 26초에 달렸다. 그것은 태수가 의도한 km당 2분 46~47초가 아니라 47~48초의 속도다.

더구나 지금은 2분 49초로 달리고 있으니까 속도가 조금씩 느려지고 있는 중이다.

29km의 거리면 통상 마의 벽이 찾아드는 35km에서 6km나 부족한데 벌써 시간을 정확하게 측정하지 못하고 있다면 적신호가 들어온 것이라고 할 수 있다.

'오버페이스를 하면 마의 벽이 일찍 찾아온다'라는 마라톤의 상식이 이번에도 어김없이 적용하는 것 같다.

'야단났다.'

아직 충분한 시간을 벌어두지 못했는데 오히려 긁어서 부스럼을 만들어 버린 것 같다.

'뭐가 문제인가?'

뭐가 문제인지 알면서도 하도 답답하니까 속으로 그렇게 중얼거렸다.

힐끗 뒤돌아보았다. 태수는 원래 뒤돌아보는 행동을 즐겨하지 않는데 뒤돌아본다는 것은 초조해지고 있다는 뜻이다.

5m 뒤에서 키메토와 무타이, 마카우, 킵상이 부지런히 따라오고 있으며, 그들 뒤쪽에 한 명이 더 있는데 얼굴은 보이지 않지만 베켈레일 것이다.

태수에게 마의 벽이 일찍 찾아온다면 뒤따라오고 있는 선수들도 마찬가지 상태일 것이다.

태수로선 경쟁자들을 신경 쓰지 않는다고 하지만 마라톤은 혼자 하는 경기가 아니므로 신경을 쓸 수밖에 없다.

키메토를 비롯한 저들 5명은 절대로 얕볼 수 없는 강력한 라이벌들이다.

저들이 태수 자신보다 못하다고 속단하는 것처럼 위험천만한 일은 없다.

저들도 한때는 세계기록을 경신한 적이 있으며, 앞으로 언제라도 또다시 그럴 수 있는 능력과 가능성을 지니고 있다. 그게 바로 오늘 일어날 수도 있다.

저들 5명이 모조리 떨어져 나가고 태수 혼자 뛰게 되면 더 이상 신경을 쓰지 않겠지만 지금은 아니다.

자칫 방심하다가는 태수가 다 차려놓은 밥상을 저들 중에 누군가 한 명이 덥석 먹어치울 수 있는 것이다.

'방법이 없다.'

태수는 지금 상황에서는 방법이 하나뿐이라는 것을 그런 식으로 생각했다.

마의 벽 때 '페이스다운'될 것을 예상하여 지금 시간을 조금 벌어두고, 그러면서 경쟁자들을 뒤흔들어 떨어뜨리려면 지금보다 속도를 더 올리는 수밖에 없다.

뒤따르는 4명의 시선은 태수의 뒷모습에 고정되어 있다. 그들은 방금 태수가 힐끗 뒤돌아본 것 이후에 일어날지도 모르는 어떤 행동 때문에 조마조마하고 있다.

그렇지만 그들도 예상하고 있다. 지금 상황에서 태수가 절대로 속도를 늦추지는 않을 거라는 사실을.

타타탁탁탁탁탁탁—

그렇지 않아도 미친 듯이 뛰고 있는 5명의 심장이 덜컥! 떨어졌다. 태수가 스퍼트를 한 것이다.

태수는 30㎞ 성동교사거리를 지나 서울숲을 오른쪽에 두고 한강 방향으로 달리고 있다.

태수는 훈련을 할 때 마라톤 풀코스를 전력을 다해서 달려본 적이 없다. 그러니까 당연히 마라톤 풀코스를 1시간대에 달려보지 못했다. 태수로서도 지금 달리고 있는 시간대는 '미지의 길'이다.

그렇지만 경기장 트랙을 ㎞당 여러 속도를 병행해서 달려보았으며, 또 새벽에 수영강변 로드런닝 때 하프를 전속력으로 달려봤기 때문에 그 정도면 2시간대 벽을 깨는 일이 승산이 있다고 자신했었다.

문제는 테이퍼링이었다. 그의 격일제 훈련 방식이 얼마나 충분한 휴식을 가져다주고 또 체내에 얼마만큼의 글리코겐을

축적했느냐가 오늘 2시간대 벽을 깨는 관건이 될 터이다.

키메토 등 5명은 20m 뒤로 처졌다. 태수가 29㎞에서 스퍼트하여 30㎞까지 1㎞를 오는 동안 5명을 15m 뒤로 떨어뜨린 것이다.

현재 30㎞까지 걸린 시간은 1시간 24분 41초. ㎞당 2분 49초의 속도로 달렸다.

남은 거리는 12.195㎞. 그 거리를 35분 18초 ㎞당 2분 56초의 속도로 달리면 1시간59분 59초에 골인한다.

그렇지만 역시 태수는 아직 불안함을 느꼈다. 마의 벽 때 속도가 ㎞당 3분 이하로 떨어질 것을 생각한다면 아직 충분한 시간을 벌어두지 못했다.

타타탁탁탁탁탁탁—

"후우… 혹혹… 하아… 학학……."

태수는 좌회전하여 성수동 2가 쪽으로 달리고 있다.

"와아아아—! 한태수! 한태수!"

"꺄아아악! 윈드 마스터! 한태수!"

성수동 도로가의 응원 인파는 그저 엄청나다고 할 수밖에 없을 정도로 많다.

응원 인파는 열광적으로 태수를 응원하고 있다. 응원 인파 중에 꽤 많은 사람이 휴대폰으로 DMB를 시청하고 있는 것으로 미루어 태수가 인간의 한계인 2시간대 벽을 깨려고 한다는 사실을 알고 있는 것 같다.

"와아아앗!"

그때 도로가의 사람들이 태수 뒤쪽을 가리키면서 날카로운 비명을 지르고 있다.

태수가 뒤돌아보니까 맙소사 키메토와 무타이, 마카우, 킵상이 빠른 속도로 추격하고 있다.

현재 태수가 km당 거의 2분 45초의 속도로 달리고 있는데 키메토 등이 거리를 좁혀오고 있다면 그보다 빠른 속도라는 뜻이다.

'미친놈들······.'

자신의 상대는 없을 거라고 생각했던 태수의 얼굴이 슬쩍 일그러졌다.

그러고는 저들도 그날의 컨디션이나 주로의 상황 등에 따라서 언제든지 우승을 할 수 있는 능력의 소유자들이라는 생각이 들었다.

그렇지만 2시간대의 벽을 깨는 위대한 일은 아무나 할 수 있는 게 아니다.

타타타탁탁탁탁—

"훅훅··· 학학··· 훅훅··· 학학······."

태수는 반사적으로 속도를 높였다. 그러니까 4박자 호흡이 흐트러지면서 예전의 2박자 호흡으로 돌아갔다.

잠시 후에 그는 이래서는 안 된다는 사실을 깨닫고 다시 ㎞당 2분 45초의 속도로 환원했다.

그것도 어마어마하게 빠른 것이다. 이것은 체력과 인내심의 싸움이다. 과연 태수가 먼저 지칠 것인지, 아니면 저들이 처질 것인지 두고 볼 일이다.

자양동 조금 못 미쳐 32.5㎞ 스폰지대에서 태수는 키메토를 비롯한 4명에게 따라잡혔다.

뒤돌아보니까 베켈레는 50m쯤 뒤처져서 부지런히 따라오고 있는 중이다.

태수가 묵묵히 따라오고 있는 베켈레를 보고 아주 잠깐이지만, 어쩌면 이번 대회에서 베켈레가 또다시 2위를 할지도 모른다는 생각이 들었다.

태수와 키메토, 무타이, 마카우, 킵상이 피 터지는 싸움을 벌이면 베켈레가 어부지리를 얻을 것이기 때문이다. 물론 태수가 우승을 한다는 전제에서의 예상이다.

태수는 얼음물을 흠뻑 적신 스폰지 4개를 한꺼번에 집어 들었지만 키메토 등은 스폰지대를 그냥 지나쳤다.

그 바람에 태수가 다시 주로에 복귀했을 때 그들 4명보다 3m쯤 뒤처지게 되었다.

그렇지만 태수는 당황하지 않고 차가운 스폰지 4개로 목과 얼굴, 어깨, 팔, 그리고 싱글렛을 들어 올리고 가슴과 복부를 마사지하듯이 충분히 적셔서 체온을 떨어뜨렸다.

태수가 스폰지를 집느라 주로에서 약간 벗어나는 바람에 키메토들보다 3m 뒤처졌지만 차가운 스폰지로 체열을 내려주는 것은 매우 중요하다.

아마도 결과적으로 태수는 키메토들보다 피로를 조금쯤 덜 느끼게 될 것이다.

그렇다고 해서 태수는 그들을 추월할 생각은 없다. 현재 그가 생각했던 것만큼 충분한 속도로 달리고 있기 때문이다.

그런데 뒤에서 달리니까 한 가지 이점이 있다. 전에는 몰랐던 사실을 알게 되었다. 키메토 등이 달리는 모습을 관찰할 수 있다는 사실이다.

보려고 해서 보는 게 아니라 그저 눈에 보이니까 보는 것이다. 마라토너는 달리면서 오만 잡생각을 다 하게 된다. 그러므로 키메토들의 달리는 모습을 관찰하는 것은 그냥 가만히 있어도 머리가 알아서 해주었다.

키메토를 비롯한 4명의 달리는 동작은 판에 박은 것처럼 똑같아서 마치 4쌍둥이를 보는 것 같다. 4명 다 케냐 선수이고 같은 훈련캠프에서 훈련하기 때문이다.

그런데 태수는 약간 뒤쪽으로 처져 있는 킵상의 달리는 동작 어느 한 부분이 눈에 들어왔다.

케냐 선수들이 발 앞부분으로 프론트풋 착지를 하여 아스팔트를 차고 나가면서 점프를 하는 것은 태수로서도 잘 알고 있는 사실이고 킵상도 그런 주법을 사용하고 있다.

그런데 킵상은 태수가 지금까지 알지 못했던 발동작을 취하고 있다.

점프를 하여 스트라이드를 최대한 넓히기 위해서 발을 앞으로 쭉 뻗는다.

그런데 그 자세에서 발을 그대로 아래로 내리게 되면 발꿈치가 바닥에 닿게 된다.

하지만 킵상은 발을 앞으로 쭉 뻗었다가 발을 슬쩍 뒤로 당겨주고 있다.

그렇게 하기 때문에 발바닥이 바닥에 닿을 때는 발 앞부분이 닿게 되는 것이다.

'포백(Pawback) 기술이다.'

포백 기술의 대표 주자는 아테네올림픽 여자 마라톤, 그리고 베를린마라톤대회에서 우승을 한 일본의 노구치 미즈키가 구사하는 마라톤주법이라고 태수는 알고 있다.

노구치는 스윙한 다리를 앞으로 쭉 뻗고 나서 발바닥 중간 부위로 착지할 수 있도록 발을 뒤로 살짝 보낸다. 그래서 발바닥이 바닥에 닿을 때 무릎을 약간 굽히고, 그다음에 체중을 지지하기 위해서 무릎을 조금 더 굽힌다.

발바닥으로 바닥을 힘껏 밀어 뒤로 보내기 때문에 착지하는 힘을 줄이고 상체를 앞으로 밀어주는 효과가 있다. 그렇게 하면 수직 방향보다 수평 방향의 추진력이 더 좋아진다.

노구치는 발바닥 중간 부위가 바닥에 닿는 플랫주법을 완성시키기 위해서 포백 기술을 사용한다.

그런데 킵상은 프론트풋 착지를 완성하기 위해서 포백 기술을 사용하고 있다.

태수가 살펴보니까 키메토와 무타이, 마카우도 똑같이 포백 기술을 쓰고 있다.

태수는 매우 중요한 발견을 했다. 예를 들어 키메토 등의 스트라이드는 210cm인데 마지막 순간에 발을 살짝 뒤로 보내기 때문에 5cm 정도 손해를 본다.

그리고 그런 동작을 취하는 동작만큼 시간적으로 손해를 볼 수밖에 없다.

키메토 등은 하체가 길기 때문에 10걸음을 달릴 때 태수는 12걸음을 달려야만 한다.

그렇지만 시간적인 계산을 하게 되면 얘기가 조금 달라진다. 예를 들어 10초에 키메토들이 20걸음을 뗀다면 태수는 26걸음을 뗀다.

키메토들이 20걸음을 뗄 때 그들과 같은 거리를 가려면 태수는 24걸음을 뛰어야 하는데 26걸음이니까 2걸음 더 많이 뛰는 것이다.

바로 그것이 태수가 케냐와 에티오피아 선수들을 이길 수 있는 키워드였다. 아주 중요한 발견을 했다.

"하악… 하악… 하악… 하악……."
"헉헉헉헉… 학학학학……."
아프리카계 선수들은 여간해서는 거친 숨을 몰아쉬지 않는데 오늘은 다르다.

마치 증기기관차처럼 씩씩거리고 있다. 오버페이스를 했다는 명백한 증거가 아닐 수 없다.

키메토와 무타이가 앞서고 그 뒤를 마카우와 킵상, 그리고 맨 뒤에서 태수가 달리고 있는 체제가 계속 유지되고 있다.

자양2동사거리에서 잠실대교 방향으로 우회전을 할 때 태수 바로 앞에서 달리는 마카우의 발이 삐끗했다.

우회전을 하는 과정에 마카우의 몸이 오른쪽 킵상에게 기울자 킵상은 펄떡 뛰듯이 앞으로 달려 나갔고, 태수는 마카우와 부딪치지 않으려고 급히 왼쪽으로 방향을 꺾었다.

마카우는 쓰러지면서 오른팔을 내밀어 인도의 턱 부분을 짚었는데 그게 잘못되어 그대로 팔이 부러졌다.

쿵!
"으아아―"

태수는 마카우가 피투성이 얼굴로 오른팔을 움켜잡고 울부
짖는 모습을 슬쩍 뒤돌아보고는 잠실대교를 향한 최초의 오
르막을 달려 올라갔다.

인도의 턱 부분을 짚어서 팔이 부러진 마카우가 얼굴로 아
스팔트를 갈아버린 것이다.

2011년 2시간 3분 38초로 세계기록을 경신했던 마라톤계의
풍운아 패트릭 마카우는 그렇게 잠실대교 목전에서 피투성이
가 되어 리타이어했다.

제39장
멸공의 횃불

태수는 결국 마의 벽에서 결판이 날 것이라고 짐작했다.

　중요한 것은 마의 벽 상황에서 누가 더 잘 달리느냐는 것이지만, 그보다 더 중요한 것은 마의 벽에 이르기 전에 얼마나 시간을 벌어두느냐는 사실이다.

　'전력 질주하자.'

　그리 길지 않은 오르막을 올라선 태수는 잠실대교를 무서운 속도로 질주하기 시작했다.

　타타타탁탁탁탁탁—

　키메토와 무타이, 킵상이 깜짝 놀랄 때 태수는 그들 앞으로 질풍처럼 치고 나갔다.

현재 34km를 지났으니까 언제 마의 벽이 들이닥칠지 모르기 때문에 태수는 그전에 최대한 시간을 벌어둘 생각이다.

키메토 등은 스타트부터 지금까지 줄곧 오버페이스를 하고 있는 상태라서 이미 온몸에 피로가 누적되어 있으며 호흡이 편하지 않다.

피로가 누적됐다면 태수도 마찬가지다. 세계최정상급 선수라고 해도 기본적인 체력은 대동소이하다.

이런 극한 상황에서는 대동소이하지 않은 것, 즉 사람 각자마다 천성적으로 타고난 능력이나 투철한 정신력 같은 것들이 승부를 가를 것이다.

그러므로 키메토 등의 눈에 비친 태수의 행동은 절대로 인간의 모습이 아니다.

기진맥진한 상황에 현재의 속도를 유지하기도 어려운데 오히려 더 빠른 속도로 치고 나가는 게 어떻게 인간의 능력으로 가능하다고 할 수 있겠는가.

키메토 등은 점점 멀어지고 있는 태수의 뒷모습을 그저 망연한 표정으로 바라보고 있을 뿐이다.

사람은 상대가 우월해지면 자신은 갑자기 초라해지고 열등감을 느끼게 된다.

키메토 등은 상대적 박탈감 같은 것을 느끼면서 그 자리에 주저앉고 싶은 것을 간신히 견뎠다.

탁탁탁탁탁탁탁—

"훅훅… 학학… 훅훅… 학학……."

잠실대교 초입 35㎞ 급수대에서 태수는 음료와 생수를 받아 생수는 목과 머리에 쏟아붓고 음료를 입에 물고 달리면서 쭉쭉 빨아 마셨다.

잠실대교는 차량 통행이 통제된 상황이라서 그런지 심윤복 감독과 민영의 모습은 보이지 않았다.

태수는 자신이 달리고 있는 속도를 측정해 보지 않았지만 대충 ㎞당 2분 40초 이상일 거라고 짐작했다.

마의 벽이 언제 엄습할지 마음이 급해졌다. 이렇게 조급할 지 알았으면 진작 스퍼트를 할걸 잘못했다는 후회가 생겼다. 하지만 후회하는 마음뿐이다. 그는 시시각각 최선과 전력을 다했으며 지금도 그러고 있다.

힐끗 뒤돌아보았다. 예전에는 뒤돌아보는 일 따윈 하지 않고 오로지 나의 길만 갔었는데 지금은 가끔 뒤가 걱정이 돼서 돌아보곤 한다. 경험이 쌓이는 것과 조바심은 비례하는 것인지 모를 일이다.

키메토와 무타이, 킵상은 150m쯤 뒤처져 있다. 태수가 그들보다 ㎞당 10초 이상 빠르니까 거리는 점점 더 멀리 벌어질 것이다.

그러나 태수는 모르고 있지만 키메토와 무타이, 킵상은 조금 전에 태수가 치고 나갈 때 맥이 풀려서 지금은 ㎞당 3분 정도의 속도로 겨우 따라오고 있다.

그렇기 때문에 태수하고는 매 ㎞당 20초 이상의 차이가 나고 있으며 태수가 1㎞를 뛸 때마다 120m 이상씩 거리가 벌어지고 있는 상황이다.

쏴아아…….

잠실대교 오른쪽에서 불어오는 강한 바람이 이렇게 상쾌할 수가 없다. 오장육부가 다 씻겨 나가는 기분이다.

'아아… 좋다. 날아갈 것 같다.'

한강에서 불어오는 바람에 태수는 지금까지 켜켜이 쌓였던 피로가 한꺼번에 사라져 버리는 것을 느꼈다.

기분이 그런 게 아니라 실제로 그랬다. 이런 정신과 몸 상태라면 2시간대 까짓것 별거 아니라는 생각마저 들었다.

"……."

그런데 그 상쾌한 기분의 끝자락에서 태수는 무언가를 깨닫고 갑자기 가슴이 써늘해졌다.

피로가 극한에 달한 상황인데 그까짓 강바람 좀 불어왔다고 해서 오장육부까지 시원할 턱이 없다.

그렇다. 러너스 하이다. 도쿄에서도 뉴욕에서도 찾아오지 않고 곧바로 마의 벽에 빠지더니 이번 동마에서는 재수 없게 도 러너스 하이가 아주 조용히 얌전하게 방문하셨다.

러너스 하이는 히로뽕이나 코카인, 헤로인 같은 마약을 한 상태와 비슷하다.

머리에서 '베타엔돌핀'이라는 물질이 나와서 환각 상태로 만들어 버리니까 제정신이 아닌 것이다.

히로뽕이나 코카인을 한 사람이 아무리 제정신을 차리려 고 발버둥을 쳐도 마음대로 되지 않는 것이나, 러너스 하이 에 빠진 사람이 자기 자신을 제어하지 못하는 것은 같은 이 치다.

그렇기 때문에 러너스 하이에 빠지면 오버페이스를 하게 되 고 그것 때문에 피로가 더욱 누적되어 마의 벽에 빠졌을 때에 는 결국 무너지고 마는 것이다.

'미치겠다……'

태수는 러너스 하이가 끝났을 때 엄습할 지독한 마의 벽을 상상하고는 지레 가슴이 답답해졌다.

그때 문득 그는 작년 베이징세계육상선수권대회 첫날 마라 톤대회가 생각났다.

당시에 그는 마라톤에 대한 경험이 거의 없는 상태였으며, 막판에 러너스 하이가 찾아왔고 어떻게 할까 당황하다가 에 라 모르겠다 하는 심정으로 외려 러너스 하이를 이용하여 더 빠른 속도로 달려 버렸었다.

이후에 마의 벽이 찾아들었을 때 그는 죽을 고생을 다했지만 결국 우승을 했었다.

그것은 다시는 돌이키고 싶지 않은 쓰디쓴 추억이다. 그런데 지금 상황이 그때처럼 이판사판작전을 쓰지 않을 수 없게 했다.

승용차로 37.5km의 스폰지대로 향하고 있는 심윤복 감독과 민영은 휴대폰 DMB를 보다가 기절초풍할 뻔했다.

현재 태수의 km당 속도가 2분 34초라고 하는 소리를 들었기 때문이다.

"방금 2분 34초라고 한 거 맞죠?"

"태수 이놈, 러너스 하이요."

"예?"

민영은 화들짝 놀랐다가 넋 나간 얼굴로 고개를 끄떡였다.

"그렇군요. 이렇게 뛰다가 어쩌려고……."

"베이징 생각나요?"

"베이징이라면… 아!"

민영은 탄성을 터뜨렸다.

"그러니까 오빠는 러너스 하이에 빠진 상황에서 미친 듯이 달려서 마의 벽에 빠졌을 때를 대비하여 시간을 벌려는 거로

군요?"

"그래요."

"미쳤어… 마의 벽 상황 때 쓰러지면 어쩌려고 정말……."

"태수로선 방법이 이것밖에 없어요. 잘 선택한 거야."

"감독님!"

"러너스 하이가 되도록 길게 유지되고 최대한 많이 벌어놔야지만 마의 벽 때 3분 5초 이하로 떨어지는 시간을 벌 수 있을 거요."

"그러다가 오빠가 퍼져 버리면요?"

"퍼지지 않을 거요."

"어째서 그렇게 장담하죠?"

심윤복 감독은 지그시 어금니를 악물었다.

"그놈은 윈드 마스터 한태수요."

차 안에 잠시 침묵이 흐르다가 민영은 꽉 잠긴 목소리로 중얼거렸다.

"2시간의 벽을 깨는 게 정말 인간의 능력으로 가능하긴 한 건가요?"

심윤복 감독은 휴대폰을 들여다보았다.

"태수가 곧 그 답을 알려줄 거요."

37.5㎞ 스폰지대에서 태수는 심윤복 감독과 민영을 보지

못했다. 두 사람은 차가 막혀서 이곳으로 오지 못하고 곧장 피니시인 잠실종합운동장으로 향했다.

타타탁탁탁탁탁—

"훅훅… 학학… 훅훅… 학학……."

태수는 아직도 러너스 하이에 빠져 있다. 38㎞ 팻말을 지날 때 선도차의 전자시계는 1시간 47분 12초를 가리켰다. 스타트부터 38㎞까지 ㎞당 2분 49초의 놀라운 평균속도로 달려온 것이다.

석촌호수를 오른쪽에 두고 우회전을 했다. 거기서 조금 더 달리다가 좌회전을 하고 다시 배영고로타리에서 우회전을 하면 백제고분로 직선주로가 나타난다. 그 길 끝에 40㎞ 급수대가 있다.

러너스 하이는 5분을 넘기지 않는다는 것이 상식이다. 태수는 35㎞ 조금 지나서 러너스 하이에 빠졌고 현재 6분이 넘어가고 있다.

'제발……'

태수는 어떻게든지 40㎞까지만 러너스 하이가 지속되기를 간절하게 원했다.

그러면 나머지 2.195㎞는 아무리 마의 벽 상황이라고 해도 기어서라도 갈 수 있을 것 같은 생각이다.

그는 또 뒤돌아보았다. 마음이 불안하니까 2위를 멀리 떨어뜨려 놨다고 생각해도 저절로 고개가 뒤를 향하고 있다.

'윽……'

그때 갑자기 허리가 시큰거렸다. 아니, 시큰거리는 것 같더니 몇 걸음 더 달리는 사이에 무너질 것처럼 쑤셔댔다. 다리가 아니고 왜 갑자기 허리가 아픈 것인지 모를 일이다.

그 상황에서 태수는 채 20m를 가기도 전에 왜 그런지 원인을 깨닫게 되었다.

빌어먹을 러너스 하이가 끝났다. 그리고 마의 벽이 찾아들고 있는 것이다.

허리가 아픈 것은 마의 벽이 시작됐다는 전조다. 그다음은 두 다리가 금방이라도 꺾일 것처럼 아프더니 등과 어깨, 목 아프지 않은 곳이 없다.

'으으… 우라질……'

러너스 하이의 달콤함은 마의 벽에 빠져들기 위한 유혹이었다.

방금 전까지만 해도 어깨에 날개가 돋아서 훨훨 날아갈 것처럼 힘이 났었는데, 어째서 불과 10여 초 사이에 차라리 죽는 게 편하다는 생각이 들 정도로 고통이 엄습하는 것인지, 인간이 우주선을 타고 우주로 날아가는 첨단시대에 정말로 모를 일이다.

타타탁탁탁탁탁—

"흐윽… 훅훅훅… 학학학……."

경쾌하게 달리던 주법이 무너지고 발목에 100kg짜리 쇳덩이를 매단 것처럼 다리를 질질 끌면서 뛴다는 느낌이 들었다.

태수는 전방 오른쪽에 39km 팻말이 보이자 급히 선도차의 시계를 쳐다보았다.

1시간 50분 06초. km당 평균 2분 49초지만 태수의 지금 정신 상태로는 그 계산을 하지 못했다.

다만 앞으로 남은 3.195km를 10분 안에 주파해야 한다는 생각만 머리에 가득 찼다.

'40km까지만이라도 갔었으면…….'

러너스 하이 상태에서 40km까지만 km당 2분 40초 이상의 속도로 달리기만 했어도 지금처럼 마의 벽에 빠졌을 때 조금쯤은 덜 다급할 것이다.

'무조건 km당 3분에 가야 한다…….'

km당 3분으로 가면 9분이 걸리고, 나머지 195m를 가는 데 35초가 소요된다.

합쳐서 9분 35초. 지금 시간 1시간 50분 06초+9분 35초=1시간 59분 41초다. 그렇게만 뛰면 2시간대 벽을 깨뜨릴 수 있다.

'제발… 제발…….'

태수는 조금 전보다 더 온몸이 고통스럽고 무기력해져 가는 몸뚱이에게 애원을 했다.

와아아아—

"한태수! 할 수 있다! 으쌰! 으쌰! 윈드 마스터!"

백제고분로 양쪽에 운집한 수만 명의 시민이 합창을 하듯이 열렬히 응원하고 있지만 그것이 에너지로 변해서 태수에게 전달되지는 못했다.

저 사람들의 눈에는 태수가 그냥 아무 일 없이 달리는 것처럼 보일 것이다.

한 걸음 내디딜 때마다 관절이 부러지고 근육이 찢어져 나가는 고통 같은 것은 상상도 못할 것이다.

저 앞에 40㎞ 팻말이 보였다. 거리는 200m쯤 되는 것 같은데 아무리 허우적거리면서 뛰어도 가까워지지 않는다.

탁탁탁탁탁—

"헉헉헉헉헉… 학학헉헉……."

리듬을 타고 경쾌하게 달리던 원마주법이 무너진 지 오래고 호흡은 제멋대로 헐떡거리고 있다.

빌어먹을! 도대체 누가 마라톤을 42.195㎞로 만들었다는 말인가. 처음부터 딱 40㎞만 정했으면 이런 개고생을 하지 않아도 좋지 않은가.

아니다. 지금 생각해 보니까 마라톤을 시작하게 된 게 고생

길로 들어선 것이었다.

그냥 알바나 하면서 한 달에 한 번 혜원이를 만나서 즐기며 그렇게 살았으면 좋았으련만……

정말 별별 해괴한 생각이 다 들었다. 앞으로 남은 거리를 어떻게 달려야 할 것인지를 궁리해야 할 두뇌가 쓸데없는 잡생각을 하느라 에너지를 사용하고 있다.

탁탁탁탁탁탁탁…….

"허억… 헉헉헉헉… 헉헉헉헉……."

도대체 이놈의 40㎞는 언제 다가오는 거라는 말이냐, 씨팔!

속으로 오만 가지 욕을 다 퍼부은 끝에 간신히 40㎞ 팻말을 지나치는데 옆에서 누가 악을 썼다.

"3분 7초!"

쳐다보기도 귀찮다. 그러나 자동적으로 고개가 그쪽으로 돌아가고 있다.

모터바이크를 몰고 있는 MBC 차동혁 기자가 태수를 보면서 핏발이 곤두선 눈으로 악을 썼다.

"한태수! 1㎞에 3분 7초 걸렸어요!"

차동혁은 태수를 전담 취재한 덕분에 승진해서 일선에서는 뛰지 않는 걸로 아는데 모터바이크를 몰면서 내내 태수를 따라오고 있었다.

'3분 7초라니… 이건 정말……'

태수는 돌아버릴 것 같은 기분이다. 아무리 마의 벽에 빠졌다고 해도 ㎞당 2분 40초 이상으로 내달리던 그가 3분 7초라니 말이 되지 않았다. 그런데도 불구하고 속도가 느려졌다는 사실을 체감하지 못하고 있다.

정신이 번쩍 들었다. 아니, 몽롱한 상태에서 바람에 팔락이면서 꺼질 것 같던 촛불이 아주 조금 되살아났다.

'3분… 무조건 3분에 달려야 한다……'

속으로 처절하게 부르짖는데도 몸이 말을 듣지 않는다. 그러니까 그저 답답함만 치밀어오를 뿐이다.

이대로 점점 속도가 떨어지면 2시간대 벽을 깨지 못한다. 그런데 더 중요한 것은 태수 마음속에 '까짓것 2시간 벽을 깨지 못하면 어때? 상관없어!'라는 생각이 꿈틀거리기 시작했다는 사실이다.

우승이 어다냐? 더구나 이대로 가면 도쿄마라톤대회에서 경신했던 2시간 1분을 또다시 경신하고 2시간 00분대의 신기록을 또다시 세우지 않겠는가, 하는 안일한 생각도 빼꼼 고개를 들었다.

정말이지 어째서 이런 상황에 그런 생각들이 떠오르는 건지 별별 오만 가지 잡생각이 태수의 머릿속에서 와글와글 일어났다가는 사라지기를 반복했다.

그러면서 바로 그때 해운대 동백섬 앞바다에 아지무트100 파워요트를 띄워놓고 파티를 할 때 조영기 형님이 했던 말이 쓸데없는 잡생각에 섞여서 불쑥 떠올랐다.

조영기는 태수를 안타깝다는 듯이 쳐다보면서 기록에 연연하지 말고 즐기면서 달리라고, 즉 편런을 하라고 충고를 했었다.

"내 경우에는 말이다. 기록을 1분이라도 당기려고 발버둥을 치면 칠수록 오히려 역효과가 나더라 그거야. 그런데 말이야? 이번에는 그냥 편하게 즐기면서 달리자 하고 마음먹으면 꼭 기록이 당겨지더라구. 1분도 아니고 3분 5분씩 팍팍 말이야. 웃기는 얘기 아니냐?"

"하하하! 하긴 나야 풀코스를 3시간 10분 20분대에서 오락가락하니까 기록이라고 말할 것도 없지."

"학교 다닐 때 말이야. 하기 싫은 공부를 시켜서 억지로 하는 거와 재미있어서 스스로 열심히 하는 것하고 어떤 게 효율적이겠느냐?"

태수는 그때 조영기의 말을 듣고 뭔가 깨닫는 것이 있었지만 시간이 지나면서 망각해 버렸었다.

'펀런… 즐기면서 달리라고?'

지금처럼 이런 극한의 고통을 즐기라니 마조히스트도 아니고 제정신을 지닌 사람이라면 불가능한 얘기다.

태수는 말도 안 되는 얘기라고 그 생각을 떨쳐 버리려고 하다가 문득 어떤 생각이 났다.

'뿌리칠 수 없다면 받아들인다… 는 것인가?'

태수는 뭔가 깨달아질 것 같은 기분에 휩싸였다. 지금 그에게 닥친 마의 벽이라는 고통은 제아무리 용을 쓰고 지랄을 해도 뿌리쳐지지 않는다.

그건 마치 군대하고 비슷하다. 사고를 치거나 어디가 아파서 조기 전역을 하지 않는 한 입대하여 훈련소부터 병장 전역까지 고스란히 2년여를 썩어야만 한다.

그러니까 군대 2년여 동안 내내 지겹지 않으려면 그냥 받아들이고 그 생활에 순응하여 살다 보면 어느덧 세월이 흘러서 찬란한 전역의 날이 다가온다.

'이걸 받아들인다고? 이 고통을……'

일단 지독한 마의 벽의 고통을 받아들이기로 마음먹은 태수는 이 궁리 저 궁리하다가 노래를 부르기로 했다.

그렇지만 무슨 노래를 부를까 고민하는 것은 그만두고 그냥 입에서 나오는 대로 부르기 시작했다.

"으헉… 헉헉헉… 아름다운 이 강산을 지키는 우리… 학학
학……."

군대에서 귀에 진물이 나도록 부르고 들었던 군가 '멸공의
횃불'이다.

군대에서는 천당에서 지옥으로 반동을 하면서, 아니면 뭐
빠지게 구보하면서 부르는데 태수는 구보를 하면서 '멸공의 횃
불'을 부르는 상상을 했다.

"사나이 기백으로 오늘을 산다… 헉헉헉헉… 포탄의 불바
다를 무릅쓰면서… 학학학… 고향땅 부모형제 평화를 위해…
헉헉헉헉……."

차동혁이 태수 오른쪽으로 바짝 모터바이크를 붙이고 뒤에
탄 카메라맨에게 태수에게 카메라의 마이크를 가깝게 대라고
소리쳤다.

선도차 너머의 MBC 중계방송차에서 캐스터가 갑자기 고함
을 질러댔다.

"아! 한태수 선수가 갑자기 군가를 부르기 시작했다는군요!
차동혁 기자!"

카메라는 차동혁의 모터바이크 카메라로 옮겨졌고, 태수가
헐떡거리면서 부르는 군가 '멸공의 횃불'이 전파를 타고 전국

으로 퍼져 나갔다.

"헉헉헉헉헉… 전우여… 내 나라는 내가 지킨다… 헉헉헉
헉… 멸공의 횃불 아래 목숨을 건다! 학학학학……."

대한민국 남자들은 결격사유가 없는 한 모두 군대에 갔다
가 온다. 그리고 백제고분로 대로 양옆에 모인 수만 명 인파의
절반은 남자들이다.

휴대폰 DMB로 태수가 군가를 부르는 것을 본 그들이 '멸공
의 횃불'을 따라서 불렀다.

아름다운 이 강산을 지키는 우리
사나이 기백으로 오늘을 산다

남자들은 주먹을 불끈 쥐고 위아래로 반동하면서 목이 터
져라 '멸공의 횃불'을 불러댔다.

포탄의 불바다를 무릅쓰면서
고향땅 부모형제 평화를 위해

비교적 쉬운 곡조에 가사라서 몇 번 부르다 보니까 이제는
여자들과 어린아이들까지도 고사리 손을 움켜쥐고 신나게 흔
들면서 불렀다.

전우여 내 나라는 내가 지킨다
멸공의 횃불 아래 목숨을 건다

군가를 부르면서 달리던 태수는 언제부턴가 응원 인파들이 합창을 하는 소리를 들었다.

그 소리는 점점 더 커져서 마치 몇 만 와트짜리 스피커에서 왕왕 울려 퍼지는 것처럼 백제고분로 전체를 들썩거리게 만들었다.

태수가 쳐다보자 사람들은 주먹을 흔들고 손에 손에 태극기를 흔들면서 끊임없이 계속 군가를 불렀다.

아름다운 이 강산을 지키는 우리

갑자기 태수는 눈물이 왈칵 쏟아졌다.

"어… 정말……."

그는 주먹으로 눈두덩이를 문지르며 달렸다. 군가를 부르다 보니까 발도 거기에 맞춰지고 호흡도 안정을 찾아갔다.

태수가 흐르는 눈물을 주먹으로 닦으면서 달리는 모습이 생중계되자 국민들도 함께 울었다.

사나이 기백으로 오늘을 산다
포탄의 불바다를 무릅쓰면서

타타탁탁탁탁탁탁—

태수는 자신이 마의 벽에 빠졌다는 사실을 잊어버렸다. 대한민국 온 국민이 '멸공의 횃불'을 부르면서 응원하고 있는데 마의 벽 따위가 그를 괴롭힐 리가 없다.

"헉헉헉헉… 고향땅 부모형제 평화를 위해… 헉헉헉헉……"

태수는 그저 정신없이 '멸공의 횃불'을 부른 것뿐인데 어느덧 전방에 잠실종합운동장이 웅장한 모습을 드러냈다.

태수는 힘차게 두 발을 내디디며 운동장 안으로 진입했다.

이렇게 멋진 대한민국 국민들의 응원을 받고 있는데 나도 뭔가 국민들에게 근사한 선물을 해야 한다는 사명감이 가슴을 뜨겁게 태웠다.

운동장 관중석을 가득 메운 응원 인파, 아니, 대한민국의 국민들은 모두 일어나 주먹과 태극기를 흔들면서 계속 '멸공의 횃불'을 불렀다.

종합운동장이라는 특수한 장소 때문에 수만 관중의 군가 소리는 천둥소리처럼 울려 퍼졌다.

탁탁탁탁탁탁탁—

태수는 운동장을 반 바퀴 돌면서 점점 피니시를 향해 힘차게 달려갔다.

대형 전광판의 시계가 1시간 58분 29초를 가리키고 있는 게 눈물 너머로 가물가물하게 보였다.

남은 거리는 130m 남짓. 잘하면 1시간 58분 내에 골인도 가능할 거라는 생각이 들었다.

"후우우… 훅훅… 하아아… 학학……"

코너를 돌자 직선주로가 곧게 뻗어 있고 100m 끝에 골인아치가 보였다.

정말 희한한 일이다. 아까 40㎞ 지점부터 '멸공의 횃불'을 부르기 시작하면서 거짓말처럼 고통이 씻은 듯이 사라졌다.

타타타타탁탁탁탁탁탁—

"홋홋… 핫핫… 홋홋… 핫핫……"

태수는 피니시를 향해 최후의 스퍼트를 했다.

그리고 관중석 수만 응원 인파의 '멸공의 횃불'은 태수의 스퍼트에 맞춰서 더욱 빨라졌고 또 커졌다.

그런데 피니시가 30m로 가까워졌을 때 태수는 골인선 안쪽에 한 여자가 서 있는 모습을 발견했다.

'워나……'

눈을 깜빡이고서 다시 쳐다봤지만 혜원이 분명하다. 태수가 좋아하는 꽃무늬 원피스를 입은 그녀가 두 손을 앞에 모은 채 태수를 기다리고 있는 것이다.

혜원 좌우에 민영과 심윤복 감독 등이 서 있지만 태수 눈에는 오로지 혜원만 보였다.

힘이 불끈 솟았다.

타타타타탁탁탁탁—

파아아—

태수는 마치 광화문에서 스타트할 때처럼 힘차게 골인하며 테이프를 두 손으로 잡고 번쩍 들어 올렸다.

시간은 1시간 58분 52초.

인간의 능력으로는 절대로 깨지 못한다는 2시간의 벽이 대한민국 사나이 윈드 마스터 한태수에 의해서 박살 났다. 아니, 멸공의 횃불에 송두리째 타버렸다.

"헉헉헉헉헉……."

잠실종합운동장이 무너질 것 같은 엄청난 함성 속에서 태수는 이끌리듯이 혜원을 향해 천천히 걸어갔다.

"헉헉헉… 워나… 정말 너야?"

"오빠……."

혜원은 폭포처럼 울면서 태수에게 마주 다가왔다.

타월과 생수를 건네주려는 진행요원이 태수에게 다가가는 것을 민영이 제지했다.

태수와 혜원은 아무 말도 하지 않고 다가갔다. 그리고 이것이 꿈이 아니기를 빌면서 서로를 조용히 힘껏 끌어안았다.

태수와 혜원이 뜨거운 포옹을 하는 장면이 운동장 대형 TV에 나오자 관중들이 일제히 박수를 치며 환호성을 터뜨렸다.

와아아아아—

윈드 마스터 만세—!

『바람의 마스터』 7권에 계속…

허담 新무협 판타지 소설
FANTASTIC ORIENTAL HEROES

신력을 타고났으나 그것은 축복이 아닌 저주였다.

『십자성 - 전왕의 검』

남과 다르기에 계속된 도망자의 삶.
거듭된 도망의 끝은 북방 이민족의 땅이었다.
야만자의 땅에서 적풍은 마침내 검을 드는데……!

"다시는 숨어 살지 않겠다!"

쫓기지 않고 군림하리라!
절대마지 십자성을 거느린
적풍의 압도적인 무림행이 시작된다!

이계진입
리로디드

임경배 퓨전 판타지 소설
FUSION FANTASTIC STORY

『권왕전생』 임경배의 2015년 신작!

『이계진입 리로디드』

왕의 심장이 불타 사라질 때,
현세의 운명을 초월한 존재가 이 땅에 강림하리라!

폭군으로부터 이세계를 구원한 지구인 소년 성시한.
부와 명예, 아름다운 연인…
해피엔딩으로 이야기는 끝인 줄 알았건만
그 대가는 지구로의 무참한 추방이었다.
그리고 10년 후…….

"내가 돌아왔다! 이 개자식들아!"

한 번 세상을 구한 영웅의 이계 '재'진입 이야기!

Book Publishing CHUNGEORAM

유행이 아닌 자유추구 -
WWW. chungeoram.com

철백 新무협 판타지 소설
FANTASTIC ORIENTAL HEROES

大
대무사
武

피와 비명으로 얼룩진 정마대전의 종결.
그리고…

"오늘부로 혈영대는 해산한다."

혈영대주 이신.
혈영사신(血影死神)이라고 불리는 그가
장장 십오 년 만에 귀향길에 올랐다.

더 이상 전쟁의 영웅도, 사신도 아니다!

무사 중의 무사, 대무사 이신.
전 무림이 그의 행보를 주목한다!

Book Publishing CHUNGEORAM

유천이 아닌 자유추구 -
WWW. chungeoram.com